明日佳期月圓

亦舒

客廳中坐着兩對母女。

王太太與劉太太是姐妹，她們的女兒王佳期與劉月圓是姨表姐妹。

四個女子臉容都有點不自然。

王太太居長，咳嗽一聲。

表姐妹倆微笑，不知母親大人有甚麼要緊的話要說。

「你們兩個，記得大姨媽申太太吧。」

當然，佳期點頭，大姨媽很難忘記，她天生有張晚娘的臉，容長臉，不輕易笑，與兩個妹妹，即佳期與月圓的母親不大和洽，看不入眼她們對子女縱容。

大姨媽也有一個女兒，她叫明日，長得漂亮、聰明、勤學，親友讚不絕口，一手鋼琴與小提琴奏得出神入化，演奏級，本人讀建築，尚未畢業，已獲獎無數。

佳期甚怕這種超級新星，她們不過略次一等，被她一比，立成腳底泥。

當下她鄭重問：「大姨媽有甚麼事？莫非要我們去當書僮或丫環。」

王太太瞪佳期一眼。

「怎麼了，有話請直説。」

劉太太輕輕説：「明日本來去年春季結婚。」

聽説過。

「未婚夫是一有為青年。」

也聽説過。

「就在婚期之前兩個星期，這人汽車失事身亡。」

佳期一震。

沒聽説過。

月圓輕輕説：「啊。」

「可不是。」

「那明日痛不欲生。」

當然。

表姐妹收斂笑容。

但，這同她們有甚麼關係呢。

人過了廿一歲，世上任何苦難，都得靠自身逐日捱過，所有親友，都幫不了忙。

佳期喝一口母親珍藏的旗槍龍井，取起水晶盒子內一隻佛手，在臉畔輕輕搓揉，取其香氣。

「申太太把女兒自加州喚回。」

仍然未說到關鍵。

月圓悄悄看一看時間，三時必須趕回辦公室開會。

不料劉太太忽然動氣，「月圓，你上次回家是何年何月何日？才坐下一會，急急看時間，你很忙嗎，忙得父母都不看在眼內。」

月圓一聽，已經站起。

被佳期按回座位。

老女傭阿歡連忙斟出冰鎮綠豆湯，「兩位小姐，吃點心吃點心，莫急躁。」

劉太太含淚，「白養你們這群忤逆兒。」

佳期說：「甚麼事，甚麼事，我們倆先道歉，不過是尚未找到對象，並無大罪。」

忽然之間，王太太亦垂淚。

佳期與月圓俱驚，「甚麼事？」

阿歡忍不住，「明日小姐回家不久，茶飯不思，不久，看醫生，說是三期胃癌。」

啊。

這回，她們表姐妹一起站起，又坐下，垂頭不語。

剎時，大廳靜得一根針落下都聽得見。

不知隔多久，佳期緩緩伸手過去，握住母親的手。

「哎唷。」王太太哭訴：「我情同身受。」

月圓說：「我們在這裏，我們在此。」

「醫生怎麼說？」

「化療、電療、手術，此刻做標靶治療。」

「會有辦法，本市治鼻咽喉腸胃癌症有口皆碑。」

「病發距今多久？我們怎麼不知道。」

「申太太不想張揚。」

她們多久沒見申明日？對，自她在紐約獲取梵得路獎金章後沒見過，接着，未婚夫意外身亡，此事亦鮮為人知。

如今，竟罹惡疾。

但，叫她們來幹甚麼。

兩位太太面色異常，月圓與佳期不敢再冒失。

「明日如今在家治療休養。」

不幸中大幸是申家富足，可以負擔得起。

胃上有腫瘤，可以整個切除，負責吸收營養的其實不是胃部，而是大小腸。

胃癌，並非最惡毒一種，除非，除非惡細胞四處遊走。

這些，佳期不好說出。

癌細胞，最喜歡遊蕩。

王太太抱怨：「申家並無人吸煙，明日食用也清淡，真不知如何得病。」

「——那樣好的一個孩子，唉。」

佳期悄悄喝綠豆湯。

「明日不願見人。」

不怪她。

「據說頭髮已掉光，皮膚潰瘍，最可怕的是，全身敏感發出紅斑，又痛又癢，嘔吐，疲倦，沮喪，平時已經沉靜，如今更加不發一言，關在房中不出，連父母都不開門，只得兩更看護照顧，申太太急痛攻心，申先生避到北京尋訪名醫，家裏烏雲一片。」

月圓越聽越淒涼。

她們又能做甚麼。

「申太太的意思是——」

意思來了。

「你們姐妹倆，可否到申宅，每天與明日說說話。」

甚麼。

匪夷所思。

徵用說話的人？說客？

明日幾歲？

佳期算一算：十五歲升大學，嗯，今年約廿八歲，唉，錦繡年華。

佳期與月圓比她小一歲，記得小時，老穿明日穿剩衣物。

這時，總算明白兩位母親把她們叫出說話的原因。

月圓輕輕說：「對不起，這是一件苦差，我不擅長安慰病人，我也不知如何討好高傲的大姨媽與天才女申明日，我不能擔此重任。」

「月圓！」

「此事沒有商量餘地，況且，我與她們不熟，三年見不到一次，不才

如我本身也有繁忙工作在身，局裏即將發表升級名單，我不敢怠慢。」

劉太太急：「申家於我們有恩。」

不提這個還好，一想起，月圓面孔沉下，「母親，你是指申家贊助我兄弟劉昇往舊金山讀書一事吧。」

她母親不出聲。

「當年，我多麼希望到外國留學讀名校，我成績比劉昇好，七個A，但是你苦苦懇求大姨出資給大哥，把我丟在本市，着我塘水滚塘魚，然後你羨慕申明日才華出眾，母親大人，你應叫大哥回來報恩，結果，劉昇去美不到一年，便結識唐人街雜貨店女東主，結了婚，再不讀書，也不回家，其樂融融，喂，你召他回來陪申明日說話呀！」

說罷，取過手袋，開門離去。

劉太太氣得哭泣。

月圓說的，全是事實。

佳期見過劉昇，坐櫃枱，流利的計算辣醬與罐頭價格，穿洗得走樣發白T恤，樂在其中，黑了也胖了，像是找到最佳出路。

那筆為數不小的升學費完全沒有歸還，據說，用來摻上雜貨店股份。

幸虧申家從不追討。

直到現在，來了。

而月圓，畢業後在政府機構死命苦熬，咬緊牙關直幹，唉，甚麼工作不需要咬緊牙關呢，有時，出血也不抱怨，免招旁人恥笑。

這時，佳期不得不說話。

「姨、母親，我去好了。」

兩位太太原先以為沒有希望，已經泣不成聲，一聽佳期勇於承擔，怔住，繼而把佳期擁懷中。

只是，佳期也不知如何做說客。

驕矜富足的申家……

條件是這樣的：每天下午三至四時，陪申表姐談話散心，希望她情緒好轉，有益療養。

佳期在大學任教，暑假將臨，有鬆動時間，是陪話理想人選。

一張數萬元支票酬勞，可替母親換一輛新房車。

母親曾似孩子般苦惱，「人家的車，早十年已經一按『嘟嘟』便開門，我的車，還得用車匙開門。」

這次，母親說：「佳期，欠你一個。」

佳期微笑。

是否可以愛嫁誰便嫁誰？紋身客、浪蕩子，都可以接受？當然不。

當然不。

申家在山上。

交通不便，幸虧學校也在山上，佳期有一輛腳踏車。

申姨父知道後，貸出一輛小小充電車給她使用。

不，佳期沒有見到姨父，一切由管家安排。

她也沒見到明日的母親申太太。

聽說已經哭得不似人形，不想見客。

鄭重地說，佳期不算客，她是傭員。

佳期亦沒見到明日。

她關在房內。

佳期在房外會客室等足三個下午，不見人，亦不聞聲。

可見找人說話散心，全不是申明日主意。

只見穿制服看護進出，垂頭，並不與人客說話。

傭人捧進食物，原封不動捧出，也低頭，不說話，眼神不與表小姐接觸。

表小姐佳期亦享用考究小巧美味茶點。

有點饞嘴的她通常吃光。

月圓好奇，「說來聽聽。」

「你要我說自家姐妹是非？你的書讀到何處去，竟成三八。」

月圓訕訕。

「多虧你捱義氣。」

佳期不語。

「已盡了人事，聽其自然罷了。」

「竟說不上半句話。」

「主動一點，端椅子到房門前，主動先開口。」

佳期啊一聲，「我怎麼沒想到。」

「可憐。」

「不，不能以憐憫口吻。」

「閒談？不會太輕佻。」

「真是苦差。」

「讀書，讀書給她聽，你教文學，應當勝任。」

「甚麼書？」

「水滸、三國、紅樓。」

「噫。」

「勃朗蒂、奧斯汀……」

兩姐妹笑起來。

「中文報頭條，世界新聞——世上自有更苦惱的人。」

佳期一早知道苦難多多的地球實在不適合人類居住，但，搬到何處？火星也許。

「用平常口吻說平常事好了。」

佳期答：「我報仇機會到，把你廿年諸般惡行，一五一十數出。」

「如果有效，歡迎詳述。」

佳期嗒然，「可否養隻小動物。」

月圓搖頭，「我不贊成，動物也會受負能量影響，不好關家中長陪病人，隔些時候吧。養好病，拖狗跑步運動。」

月圓也不是沒有同情心。

「真慘，」她喃喃說：「不過想一想，沒有最衰，只有更衰，幸虧尚未舉行婚禮，仍未算寡婦，華人到了三十世紀，對寡婦這身份的看法，都不會改變。還有，幸虧治療有效，已可回家靜養，留得青山在，父母不致

陪葬。」

話是說得再難聽沒有，可是月圓說的，字字不錯。

她握住月圓的手。

「至今避不見面，叫你吃閉門羹。」

王太太知道了，低聲說：「如此無禮，不接受好意，你我也不必受這種氣，別去了。」

可是，酬勞已經花光。

「這家人，狗咬呂洞賓，給親人看臉色是首本好戲。」

「讓我再試試。」

王太太仍然氣忿。

阿歡說：「幸虧佳期不會刁鑽。」

「當然不會！我佳期身體健康，待人和祥。」

申太太忽然出現。

帶許多禮物，鮮花糖果，還有時下最時髦名牌手袋。哈着腰，從未見過如此謙恭，未語淚先流。

老了十年不止。

「妹子——」

「煩月圓再試。」

王太太說：「這是為着甚麼。」

連名字都記錯，佳期溫和地答：「我是佳期。」

「是，是，佳期，再試一個星期。」

王太太說：「老姐，我女兒也是堂堂博士，大學裏講師。」

「是，是。」

「大姨，我會盡力。」

佳期仍然赴約。

她把功課也帶去做。

獨自在明日的小會客室踱步。

二樓長窗看下去，有一座長方形泳池，不很大，但足夠適當運動。

管家說：「歡迎王小姐暢泳。」

佳期微笑。

管家已取來大毛巾與泳衣，放在一張椅背。

佳期與學生在網上溫習功課。

連成績最高的學生都說：「自三歲讀學前班迄今一直在學校，要捱到甚麼時候？『李白與杜甫遭遇相同與相異何在』對戀愛有何幫助？天氣那麼好，難得的藍天白雲，好不容易捱到疫症已逝，考試卻永遠不死……」

「——學子們世世為奴，代代做狗。」

「還有人要讀博士，唉，讀到死絲方盡。」

佳期不禁笑出聲。

「老師為何不答？？」

佳期傳去一大批伊巴再次開戰的圖片。

「真像星球大戰可是，務必要做到你死我亡，議和五十年不果，恨意永不磨滅。」

「……明白了，老師。」

關上電腦，佳期想一想，把舒適椅子搬到明日房門旁，坐下。

她覺得明日在房中可以聽到她聲音，略為大聲些少，先咳嗽一聲。

「明日，我會帶一隻小銅鑼，開口之前，先叮的敲響示意，今日，且用鋁質小鍋蓋。」

叮。

「明日，我是你表妹王佳期，俗云一表三千里，你我則是親血緣，讓我細說：一位姓沈的女士，嫁予白家，這白太太，生了三個女兒，便是你母親，我老媽以及月圓的媽媽，然後，這三姐妹，又各生我們三個，分別是明日佳期月圓，各有各姓氏，狀若疏離，實為至親，哈，聽懂沒有，我畫了一張圖表在此，你可以參閱。」

她看看手錶，今日說話時間已到。

說了半晌，並沒聽到明日搭腔。

意料中事。

唉，一時哪裏親近得起來。

傭人捧點心出來，比較有笑容，仍然低頭。

佳期一看，是小碟子綠豆糕。

她輕聲說：「可否替我包幾塊回家，家母至愛吃這個。」

阿歡不會做。

傭人立刻進去，佳期畫了親戚圖表，放桌子上。

傭人出來，包了整整一盒。

「謝謝。」

王太太果然愛吃。

「大小姐開口說話沒？」

「不求回報。」

「太偉大了。」

「教書本來是一門偉大功課。」

第二天，佳期又準時到申宅。

女傭朝她鞠躬。

這是為甚麼。

一看，椅子已被搬到明日房門前。

啊，有反應。

佳期心中有莫名其妙的歡欣。

助人，原來真是快樂之本。

她輕輕坐下，取出準備好的小鑼，叮。

「我是一個教書先生，教大學生比較簡易，功課題目像『明清小說中，如果讓你選一男主角做朋友，你會選誰？』嘿，是潘安嗎，不是；是寶玉嗎，不是；是悟空嗎，不是；最多女生選虬髯客！哈，覺得他可以保護女友。男生選韋小寶，當然，他們搞錯韋小寶是清代背景的小說人物，因為韋君會帶他們到處玩耍，你且看我學生水準！」

佳期長長嘆一聲氣，取出一隻搖鼓，左右晃兩下，「今日，到此為止，下次再說。」

女傭走近，表示那張圖表已傳給小姐。

管家上前，像是有話要說，面紅紅，不知如何開口。

半晌，「佳期小姐，你真好。」

佳期也難過，大笑着說：「好好，大家好。」

她坐下看書，觀察作者筆法，把她的意見用綠色筆圈起，問學生：「可否稍作更通順安排表達同樣意見」，例如——

人之患好為人師，大夥忽然踴躍，紛紛參與更改活動，並且開始爭拗。

看得佳期咪咪笑。

管家不知道表小姐何故開心，但看到她秀美笑臉，不禁欣慰，女傭與她同感，兩人點頭。

假使明日也願走出一起就好了，有沒有頭髮，皮膚是否光滑，完全不是問題。

正在嘆息，申太太到。

佳期連忙站起。

「坐，坐。」

她握住佳期雙手。

「大姨，我超時，明天再來。」

「佳期，你在這裏住都可以。」

佳期坐在她身邊。

「我們到露台説話。」

不想明日聽到。

「佳期，謝謝你。」

「沒有的事。」

「聽管家説，明日示意喜歡聽你説話。」

「我瞎七搭八亂講。」

「佳期，我們兩家是怎麼生疏的呢。」

佳期怕她再流淚。

佳期説：「都忙，」她也感慨，「不比從前大家庭，一起吃飯，一起祭祖，現代各有各難處，我王家三口沒有人能言善辯，家父是老學究，有頭巾氣，不想高攀，故此便少了往來，其實我與母親都掛住明日：『明日已彈匹格尼尼，你老奏時代曲』！」

申太太鼻子紅咚咚。

傭人把糕點飲料挪到露台。

佳期稱讚：「好房子，好景觀。」

「這是明日的嫁妝。」

「明日有福氣。」

「佳期你真乖巧。」

「我？我與月圓是二傻。」

「哪裏的話。」

隔膜漸漸消除。

「我讓時裝店送大衣來，三姐妹都有。」

佳期一早聽說城內名媛們有這個習慣：攝氏三十度已經搶購秋／冬

裝。

她駭笑，「我教書不用打扮。」

「那麼，留給月圓。」

「我代她多謝，未知今冬流行甚麼樣子。」

「好像是粉色鬥彩。」

嘩。

「我不知多想明日開門出來與我們一起討論衣裳式樣。」

其實不算過份，看樣子明日也是書毒頭，不喜這一套。

佳期只得說：「孩子們都會長大。」

「還記得明日小時，我等她放學做功課，先把鉛筆都削尖排好……唉。」

「快別感慨，很快替孫兒刨鉛筆與顏色筆。」

「佳期，你真好。」

門鈴叮一聲。

甚麼客人。

一看，是月圓。

「喲，真是稀客，快進來。」

這種時候，熟人越多越好。

「對不起，我不請自來，沒有預約。」

「自己家還需預約？」

佳期豎起一隻手指，「輕聲。」

月圓點頭，放下鮮花。

月圓有一手，選大朵鮮紅牡丹花。

申太太一看就歡喜，「一會我帶回家。」

月圓脾性與佳期不一樣，支使傭人：「有沒有黑牛孖糕？即兩球香草冰淇淋加入可樂，載大杯子上，還有，薯片多多益善。」

傭人笑答：「有，有。」

佳期忽然加一句，「三杯。」指指房內。

申太太不住點頭如搖鼓。

佳期說：「你倒是有空。」

「不甘後人呀。」

已經問：「這些是新一季大衣？」

不問自取，拎出便往身上披，接着轉圈示範，「噫，下擺做成裙子式樣，可愛之極。」

「全是你的。」

一時都是笑聲。

月圓把冰淇淋蘇打啜得吱吱聲。

申太太說：「兩個歡喜糰。」

月圓又說：「我要鹹牛肉三文治。」

走進廚房，開冰箱自己動手。

忽然把碗碟打落地下，發出聲響。

佳期說：「月圓是李逵。」

申太太不知多久沒笑，這時咧開嘴。

傭人這時進明日房取出盛蘇打杯子，舉起給申太太看，用兩隻手指比畫，表示明日喝掉兩吋左右。

申太太緊緊握住佳期雙手。

這時有電話催她赴約。

她說：「交給你們了。」

月圓出來咚咚聲拍胸口。

申太太一走出，月圓便脫下大衣，熱得一頭汗。

她坐下，輕聲說：「綵衣娛親。」

沒想到月圓有這一手。

月圓索性放肆吩咐管家：「我後天同時間再來，想吃素餃，多做一點，帶回家。」

「明白明白。」

她大力拍管家肩膀。

「明白明白。」

兩姐妹一起告辭。

到門口，月圓說：「好房子，好泳池。改日一起游泳。」

「就是欠了熱鬧。」

「你改變主意。」

「物傷其類。」

佳期點頭，「我也那麼想。」

月圓說：「我到公司貼張告示：有泳池無人游泳，每週六負責接送，費用全免，歡迎十歲擅泳兒童參與，有救生員。」

「你得徵求申太太同意。」

「咄！死馬當活馬醫，還要開會討論不成。」

這——

也罷，至要緊有歡笑聲，把陰霾趕走。

要緊關鍵，需與邪惡烏雲苦鬥。

月圓說：「我這就着手去辦。」

佳期反而自覺迂腐、婆媽，只管清談誤事。

不如月圓。

第二天，她坐在明日房門口這樣說：「親友間如何生疏？可能只因一句冒失無心的話，日久，如一條刺，越陷越深，拔不出來，隱隱作痛，太小器了？當然，但當事人自覺在社會已吃盡鹹苦，再也不想聽到親友也出言譏諷。少年時，我請同學稍等，上一下衛生間，誰知有人哈哈笑，『你可否到地下鐵路站去，別浪費大家時間』。我一聽，一句話也無，便決定絕交：這等勢利！大聲說出，表示我是用公廁貨色，第二，表示她高貴得不知地鐵不設衛生間。對不起，對不起，這些時候，是我妄想高攀汝等離地高人，我是明白人，以後不再打擾。」

室內照例無聲。

「看，」佳期說，「多麼小器。」

佳期嘆聲氣，「此事我還是第一次同人說起。當然，以後都盡量改過，但那條刺依舊在，尤其是母親恨鐵不成鋼，怪我不練提琴，我到今日記仇。」

佳期忽然哽咽。

還以為一早不計較，忽然又上心頭。

她說：「明日再說。」

明日倒是變成佳期的心理醫生。

那天回家，她睡得比平常穩。

本來，她打算一星期去幾次，現在，天天到明日家吃喝。

為甚麼不回自己家？公寓太小，父母多嚕囌。

第二天，她照舊帶書本上申宅。

管家把她迎進，指向房門外小桌子。

佳期看到一把小提琴。

啊呀。

她連忙走近拾起，握在手中，放到懷裏，憑記憶撥動琴弦，取起弓，彈她最喜歡的一首流行曲，「你一走後陽光不再」。

——你一走後陽光不再，而你走了有一段長時間——

明日，謝謝你，你知道，你知道。

些微些微的委屈今日得以平反。

佳期流淚不止。

本來由她開解明日，佳期自身卻眼淚鼻涕。

看護為明日換藥出來，用手按住佳期肩膀。

這時，房內傳出小提琴和音，也正是這一齣情歌。

由高手如明日奏出，真的如泣如訴，如怨如慕。

大家都聽得獃了。

佳期不敢怠慢，即時跟上，有錯拍子，明日的琴等她，終於完成合奏。

看護高興得不停拍手。

大廳忽然熱鬧起來。

佳期放下提琴。

這時，才發覺棗紅色舊提琴，不折不扣是古董史特拉尼華利。

她小心翼翼放下。

抹乾眼淚，她說：「今日，我們談以巴戰爭。」

看護與管家笑得擁抱。

也不是每天可以如此笑中帶淚。

申王劉三位太太約好在申家大宅見面，把佳期與月圓也叫去。

這次，申先生也在。

他很誠懇的說：「謝謝佳期，謝謝月圓。」

月圓不忍，「姨丈，我們又吃又拿，謝謝你才真。」

這是真的。

「明日始終沒出房見面。」

她們不出聲。

「也不說話。」

佳期輕輕說：「大悲難言，有苦難言，夫復何言，不能言而能不言，本是姐妹，我們知道明日心意。」

那一向圓滑的中年生意人忽然哽咽，「你們真懂事，家長教得好。」

申太太連忙上前按住丈夫。

申先生說：「你們慢慢談，我在書房。」

傭人斟冰茶出來，月圓攔住，取出扁瓶，在茶裏狠狠添伏加特。

這時，申太太開了手機，她們一起看錄影。

月圓湊前一看，嚇得汗毛豎起，驚叫：「這是甚麼！」

佳期垂頭，緊握發顫雙手。

她們看到一個人瘦得皮包骨的裸背，背部中央，有好幾個烏溜溜爛肉深洞，血肉模糊。

她們彷彿可以聞到腐敗惡臭。

這回申太太反而鎮定，她說：「醫生說是藥物反應，還說只是皮外傷，但要小心感染。」

她們當然知道說的是誰。

月圓先掩面流淚。

佳期發抖，把月圓拉到一角。

都不像人了。

還能希祈她開門出來唱歌跳舞不成。

也怪不得有些病人索性停止治療。

一個年輕女子，品學兼優，做錯甚麼，得到如此懲罰。

太不公平！

但是，人生從來不公道。

月圓取出酒瓶，喝一口。

佳期也想喝，已經喝乾。

下次，要帶多一隻酒壺，隨時應用。

申太太在那邊說：「已經在痊癒中，看。」

她們忍不住走近探頭。

只見深洞傷口周邊，有小小一圈嫩肉。

啊，頑強生命力。

「醫生每週日檢查，也覺高興。」

王太太說：「我聽着如萬箭鑽心。」

劉太太嗚咽。

輪到佳期說：「大家振作一點，喂，長輩要有長輩的樣子。」

月圓支開話題，說到借泳池給孩子的事。

王太太問：「不怕吵鬧？」

佳期說：「就是要熱鬧，頑童哈哈笑聲振奮人心。」

申太太說：「沒問題沒問題。」

佳期與月圓先告辭。

申先生送客到門口。

老練的他竟不知說甚麼好。

佳期輕輕說：「一日比一日好。」

申先生一直點頭。

月圓她又來了。

這樣說：「我們想喝香檳。」

少了她插科打諢也不行。

申先生連忙答：「一定，一定。」

那日，整天掛住明日那瘦影。

好端端節甚麼食，她走進薄餅店，她買隻十二吋大餅帶回家。

有電話來，嚅嚅：「佳期，這些日子，我倆生疏了——」

佳期一聽那聲音，惡向膽邊生，一邊嚼食物，一邊這樣說：「錯號！」

連電話插頭都拔出。

健康的人也有痛楚。

沒到一會，有人按門鈴。

獨身女子獨居，就是有這種顧忌。

「佳期，是我，月圓。」

佳期這才敢去開門。

「你可知甚麼叫預約？」

「電話沒人接，手機也關掉，佳期，我掛住明日，我睡不着。」

佳期連忙茶水招待。

她們對着喝啤酒，月圓見吃剩薄餅，也取過吃。

佳期問：「局裏可有特別事？」

「日復一日，年復一年，日月如梭，光陰似箭。」

佳期無奈。

「你不同，你長得漂亮。」

「不，都說你王佳期更有氣質。」

「卿需憐我我憐卿。」

「可憐的明日。」

「最好醫藥，最佳護理，那麼多人關懷她，她會痊癒。」

多少病人落在公立醫院大房間內輾轉呻吟。

月圓說：「我真寂寞。」

白天在辦公室又還好些，下班，小公寓古佛青燈，真叫大齡女背脊涼快。

「不如搬回家。」

連靜默資格也沒有。

「真想用拳頭擂明日房門，『出來說話，出來說話！』」

誰都怕了月圓那楚霸王性格。

「電話插頭都拔掉，是那人找你？」

佳期苦笑。

「居然經常留戀脫衣舞場所！」

可否換別的題材。

「你每日隔房門同明日說甚麼？」

「絕不說刺心之事，風花雪月，無所不說。」

「就該那樣。」

「你還要開車，別喝太多。」

「我不回去了，我在這裏睡。」

十年前，自學堂出來，只想找到工作，住小公寓獨立，升級，尋覓男朋友，十年後，也都得到，摔過跤，流過淚，站起，再向前走，努力不止。今日，特別快樂嗎，不見得。

可見人心不足。

第二早，佳期被鬧鐘喚醒，她不上班，月圓也得回辦公室。

到底月圓也是做事的人，已經在浴室梳洗，她用一種極度美白的牙膏，滿嘴芬芳，又有特效眼藥水，一滴紅絲盡褪，恢復一雙美目。

月圓轉身淋浴，借佳期內衣外衣。

喝一口咖啡，朝佳期擺擺手，出門上班。

手揮目送，不超過十五分鐘。

往日，月圓與佳期並不親密，表姐妹各歸各。她把佳期當文人：百無一用是書生，光說不做。

這一陣子，兩姐妹忽然熱絡。

因為明日的緣故。

明日是催化劑。

明日本來叫明曦，她祖父取的名字，申太太一見這個曦字，嚇得魂不附體：「做人已經夠辛苦，尤其是女孩子，這複雜筆劃要寫到幾時去」，大筆一揮，把羲邊劃掉，明日只叫明日，真是功德。

「替孩子取名字，的確傷腦筋。」

佳期坐在明日門口，一邊吃午餐，一邊發偉論，「長輩善祝善禱，男孩名中有振、威、揚、國、宇、環、名、棟……幾個人做得到，失望居多數，父母其志可嘉，其情可憫。」

管家一邊替表小姐添咖啡，一邊點頭。

她們不大說話，能用手語表達，就打手勢。

都怕驚動明日。

弄得家如教堂、陵墓。

佳期說下去：「家母並沒教我甚麼規矩儀態，不過一次，她看見我抖腳，嚇得面青唇白，過來按住：『記得，懇請永不，永不如此做』，哈哈哈，這便是家教，接着，好似沒教過甚麼，當然，功課一定要做好，唯一能拯救女子的，不過是學識，我認為一百分正確，但家母老覺得我懶，我在家喜穿大號運動衫褲，她亦認為沒相貌……」

咦，何來聲響。

佳期聽到天使般銀鈴似自然可愛笑聲，除出孩童，沒有人可以製造如此動聽歡笑，像是能夠直接傳達天庭，叫上主歡喜。

佳期到露台探身下望。

啊，不止五名，起碼十個八個十歲八歲孩子聚集泳池旁，救生員正教他們排隊，有幾個活躍分子已經急不及待跳進水裏。

佳期招手喚管家及傭人探看，她們也忍不住笑出聲。

是，是該如此。

明日臥室有窗，也能張望。

只要沾染少許歡笑，已經提升靈魂。

接着，月圓也到了。

她做一個手勢，表示只趁午餐時分過來看看，趕上班。

又揚聲：「放工我要吃素餃！」

咯咯咯趕着走。

這劉月圓永遠、盡量做到神采飛揚。

這時碰巧辦館送香檳上來。

月圓連吃炒麵雲吞都喝香檳。

那救生員身段英偉，並不吆喝，用小小銀笛，指揮學生。

管家說：「我去準備熱狗鬆餅飲料，招待小客人。」

佳期本想寫報告，忽然覺得疲倦，躺在長沙發上，蜷縮一下，手腳找到舒適位置，居然盹着。

而且，許久沒有睡得那麼舒適。

真當自己家一樣，甚或過之。

是月圓把她推醒。

她頭髮濡濕，看樣子也已經到泳池玩過一轉。

佳期伸懶腰，「大夢誰先覺。」

管家替她蓋張薄被。

孩子們嘩嘩叫，正在吃熱狗。

「起來，起來幫着包餃子。」

佳期駭笑，「我哪裏會。」

傭人給她冰毛巾敷臉。

就在這個時候，明日臥室門打開，佳期屏息，以為明日出來。

誰知是個穿白袍的年輕男子，啊，是醫生，不知他何時進屋，一定看到佳期不體面的睡相。

佳期攏一攏頭髮，有點尷尬。

月圓替她解圍。

她搶前說：「醫生，你勞苦功高，吃了點心才走，看，今天吃餃子，請你坐下，這一堆漂亮的，狀像小元寶似的完美餃子，由我本人所做，那邊歪七纏八，破破爛爛的，則是我表姐手作，哈哈，不可同日而語。」

大家，連同醫生在內，都忍不住笑出聲。

佳期為之氣結。

醫生聞到香味，也正肚餓，便坐下享用。

只見管家盛三隻水餃想拿進房給明日，佳期張望，添多一隻包得爛茸茸的，月圓加一點檸檬汁與鮮醬油，打眼色問醫生可不可以，醫生點頭，管家進去。

她們都變成默劇專家。

一會管家出來，碗內水餃吃剩一隻。

胃口不錯。

大家安心。

這一切都落在醫生眼中。

醫生不久告辭。

管家對佳期說：「申醫生是明日的堂兄弟，即申先生兄長的兒子。」

大家族這麼多表兄弟姐妹，可是他們還是第一次見面。

佳期點點頭。

管家說：「一表人才，未婚，脾氣也好。」

佳期微笑。

那邊，申太太這樣問申醫生：「見過了。」

申醫生點頭。

「印象如何。」

「很熱誠，真心待人。」

「佳期較文秀。」

申醫生這樣說：「月圓看似活潑，說的每句話，其實都深思熟慮，她倆每做一件事，彷彿鬧哄哄，但都圍繞着明日而設，增加家中喜氣，管家她們也配合得很好。」

「明日可欣賞。」

「她意外地接受，表姐妹很成功。」

申太太辛酸，「你看，人家女兒多乖巧。」

「明日也不過是養病，最近白血球指數正常，是個喜訊。」

「真虧得你們表兄弟姐妹團結，注下那麼多時間精力，我們兩老不勝感激。」

「嬸嬸，太客氣。」

「花樣年華犧牲約會時間，犧牲甚大。」

「她們熱誠。」

申究醫生說話得體。

「怎麼謝她們好呢。」

「我想她們不會介意。」

佳期帶着功課做，並不覺犧牲時間。

申家靜，適合讀書寫字。

她看到管家給她準備的白色運動衫褲。

噫。

管家指指明日房門。

這時傭人打掃，半掩房門，佳期悄悄看一眼，原來房門內是小小會客室兼書室，再往裏，才是臥室。

那麼，明日聽她說話時，是坐在會客室。

佳期連忙走開，逛到樓下，走到泳池旁，看孩子們習泳。

女傭十分興奮為他們準備下午茶。

佳期看着亮晶晶水花，心情也大好。

忽然之間，她做了一件沒想過自己會做的事，她換過泳衣，一躍而下。

多久沒游泳！

手臂與雙腿忽然伸展，說不出愉快，她混在孩子們當中，箭一般游出，觀眾鼓掌。

佳期索性賣弄起來，表演四式，姿勢美觀標準，佳期忽然哈哈笑出聲。

這時，有人背後冷笑，咚一聲落水，神速追上佳期。

還有誰。

當然是人來瘋劉月圓。

兩姐妹競賽鬥快，水花四濺，煞是好看。

連救生員都欣賞拍手。

佳期先累。

她停下，向月圓豎起拇指。

這才看到她穿着電光綠的泳衣，漂亮奪目，像一條美人魚。

兩人上池邊裏上大毛巾吃熱狗。

她淘氣地拍手掌：「長島冰茶！」

管家笑，「立刻來。」

月圓悄悄說：「明日在小露台微笑看你們。」

佳期抬頭，露台上已經沒人。

她惆悵說：「幾時一起就好。」

「可不是。」

月圓大口吃冰淇淋。

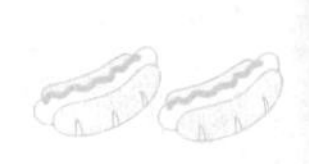

這時，一個小小孩童笑嘻嘻緩緩走近。

噢，才兩三歲，他也來習泳，穿大花泳褲，救生衣，眼光羨慕，落冰淇淋上。

月圓本不喜小孩，但他胖頭胖足，實在可愛，於是向他招手，「叫甚麼名字？」

他不出聲。

佳期搭腔，「可是叫弟弟？」

他點點頭。

佳期給他冰淇淋，「叫阿姨。」

月圓又來了，「她是阿姨，我是姐姐。」

弟弟接過冰淇淋：「姐姐，」又朝佳期說：「阿姨。」

月圓樂倒。

他一溜煙似跑走。

他的母親領他過來：「說謝謝沒有。」

「對不起，哥哥來習泳，他也一定要跟着，大哭，哭聲連上海都聽得見，只得屈服，把他帶身邊。」

佳期忙說：「不怕不怕，孩子們開心才要緊呢。」

她拉起月圓，「慢慢玩。」

她們沖身更衣。

今天痛快。

「你上樓講故事，我還有事。」

「忙甚麼？」

「我那寶貝兄弟劉昇，還鄉省親。」

「啊，幾時？」

「下週，帶孩子一起，說是見爺爺阿嫲。」

「喲。」

「飛機票已經買妥。」

「這件事可大可小。」

月圓答：「並無安排住所。」

「你把小公寓讓出給他們四口，你住我處。」

「佳期，我欠你。」

「友愛是應該的事，我亡羊補牢，可恨從前不懂得。」

「多年不見，禮物少不了。」

「我會備十來枚一安士金幣，大派送。」

佳期看月圓一眼。

「多就沒有了。」

「他們擲下重本，金幣恐怕打不倒。」

月圓冷笑一聲。

「誰叫他們重男輕女。」

佳期拍她背脊安慰。

「真嘮叨，你不也以優等生身份畢業。」

月圓喉頭咕嚕嚕不服氣作響，這是她心頭第一大恨事。

她出門辦事。

佳期說故事。

「下一個報告題目：試問中外今古小說中，哪位女主角可以活到九十歲，需列各項理據説明。」

佳期自己先笑出聲。

「哈哈哈，當然不是林黛玉、茱麗葉，也不會是安娜卡列尼娜或黛絲姑娘、王寶釧或杜十娘，喲，女兒命薄，紅妝可憐。」

「或許珍奧斯汀筆下達賽夫人可以活至耄耋，這就是奧斯汀女士作品恆久受歡迎理由。」

佳期喝着紅棗茶。

護士說：「表小姐講話，我們也愛聽，都是做人道理。」

「喲，不敢當。」

「可惜這夏季快將過去——」

管家朝她使眼色。

佳期吁出一口氣，「一場世界性疫症，叫我們足足損失年餘光陰，在家工作，網上教學，我只束起頭髮，連口紅也懶抹，也不穿襪着鞋，夜叉一般。難為一班學生，幸虧都過去了，但人多地方，仍慣性戴口罩。噯，我明日帶些詩詞來讀，只怕你唸建築，沒有興趣。說到建築，我愛煞浮蘭蓋利，你呢？呵，本市的綜合政府辦公大樓也大方、美觀、宏偉、巧妙，分明像積木套成，可是那一塊搭這一塊，我直看了一年也還看不透，未能素描。它數座建築溝一起，前後左右看過去完全不一樣，其味無窮，看樣子遲早得請教建築系同事。」

那天晚上，王太太找女兒說話。

「你細姨的兒子媳婦孫兒要來探親。」

「聽月圓說過了。」

「她意思是，要我們相幫。」

佳期微笑。

「我與你爸商量，他說：『我王家縱使有些積蓄，那是救命時用來住私家醫院與乘頭等飛機艙的費用。』」

說得好。

錢到用時方知少，平時不必譏訕別人一個錢看得太重，或是窮得除出錢甚麼也無。

老父智慧地一口拒絕。

王太太說：「總得請一桌飯吧。」

人家恐怕不是來吃飯。

「孫子都三歲，才來見祖父母，怕有要緊事。」

佳期沉默。

「你說話呀，女兒。」

「我心有餘而力不足。」

「可否問申太太——」

「母親請不要再替申家添亂。」

「明日的病不是固定了嗎。」

「不知是固定地壞抑或固定地好，劉家的事劉家自己做。」

「那，我與他們說。」

正確。

「那麼，見面鈿呢，他們用美金，一萬整數總不能少。」

「母親動用私蓄的話，不必與我商量。」

佳期在家喝一碗湯，告辭回寓所。

年紀漸長，大概已知道送出去的東西，絕對取不回來。

她心安理得，睡得不知多穩。

尤其是疫症之後，經濟百廢待甦，不得不小心翼翼。

一連兩三天都沒見到月圓。

管家表示想念月圓小姐的甜美笑聲。

電話沒有人接。

佳期忙做接收錄新生工作。

算算日子，月圓的兄弟劉昇一家怕馬上要到，拖大帶小，恐怕要接飛機，天曉得還需要兩輛車子才接得動。

一出聲，那可是自投羅網，佳期也學了奸，只是不說話。

王太太還是知會了申太太。

也只有申家有大車有司機。

申太太笑說：「聽說兩名孫子，一個三歲一個一歲，真好福氣。」

嗄，佳期還是第一次聽說。

「大家吃頓飯熱鬧一下，由我來辦，這也是我的外甥與姨孫呢。」

「姨媽真客氣。」

「一樣啦，一樣啦。」

佳期汗顏，幸虧她父母量入為出。

第二天，一進申家門便聽見啾啾哭聲。

佳期嚇得魂不附體。

只怕是明日，病人最忌傷心哭泣。

正想不顧一切衝進臥室，管家拉住，在佳期耳邊說了幾句。

佳期震驚稍減，取而代之的是怒意。

她走進廚房，推開儲物室門，看到劉月圓像小孩似團在角落哀哀痛哭。

佳期聞到大陣酒味。

她輕輕同管家說：「大毛巾，熱薑茶，謝謝。」

她用毛巾裹住月圓，餵她喝薑湯，把她抱緊，在她耳邊一句是一句的說：「劉月圓，你發癡，跑到申家哭哭啼啼，這是你的家？你只是客人，申家有病人，你催她早日與你一起走？太丟人了，你怎麼對得起父母、親人、社會、學歷、工作？大白天喝爛醉，到這裏撒野。」

月圓嗚嗚嗚，「佳期，他們沒升我。」

佳期剎那間明白了。

她把薑湯灌月圓。

嘆口氣，「他們有眼無珠。」

月圓嘔吐。

管家忙叫女傭進入服侍。

佳期說：「這裏我來，把廚房門關上，莫叫明日聽見。」

管家立刻退出。

佳期抱住表妹，像對一個孩子似緩緩搖動身子。這個打擊非同小可，多年來月圓仆身仆命為那份工作，滿以為升職名單必然有她，誰知——

佳期喃喃說：「人生不如意事常八九，我們回自己家慢慢哭，一人計短，二人計長。」

有人敲門，進來的是申究醫生。

他也蹲下，檢查月圓，給她注射。

「喝多了。」

實在喝得太厲害，平時就大杯大杯灌。

佳期忍不住說她：「我知你聽得見，你看你，長得漂亮，人又聰明，身體健康，過的也算是好日子，一點點挫折，就想喝死算數，說得通嗎？你的勇氣呢？人生豈能一帆風順，誰的人生沒有難捱之事？站起來！」

月圓好像真的昏睡過去。

佳期替她清潔，「我們這就回家。」

申醫生說：「先到客房眠一下。」

「吵着明日。」

「她不在會客室，聽不見。」

「太抱歉，我們兩姐妹在她家大哭大罵。」

申醫生答：「明日也是姐妹。」

佳期也落淚。

她與申醫生把月圓揹進客房。

女傭跟手整理被褥。

佳期說：「有勞你了申醫生。」

「我也是你表兄。」

「唉。」

「你說我們出去喝杯咖啡可好。」

佳期說：「下一次吧。」

「去，提提神才回來講故事。」

佳期只得洗把臉跟他走。

市內最多各式各樣精緻咖啡店。

佳期一連喝兩杯秘魯黑咖啡。

「誨人甚倦。」

「你說的都是金石良言。」

「你不用當更?」

「我在實驗室上班，比較定時。」

原來如此。

一下子沒了話題，不過，光這樣坐着，已很舒心。

對月圓來說，這是個大打擊，她好勝、要面子、面皮薄。

佳期喃喃說：「上司已表明態度，也只得辭職了。」

申究過一會說：「天下烏鴉一樣黑，也許，月圓鋒芒太露。」

他雙目雪亮，是個聰明人。

「可否轉工？」

「天下烏鴉一樣黑，你説得好。」

「你比較會做人。」

「我比她笨。」

佳期順手買一盒甜圈餅，她自己先吃兩件。

申究看着她微微笑。

月圓還在睡。

佳期坐下，敲敲小銅鑼。

申究坐她身後。

佳期喉嚨有點沙啞，「今日，説詩詞中這個愁字，除出春花秋月，離不開愁字，連李白都説：抽刀斷水水更流，舉杯消愁愁更愁，與同學小組研究許久，覺得愁是不稱意，不開心，像愁，只恐雙溪蚱蜢舟，載不動許多愁……也是情緒壓抑，眼前有解決不了的事，文人、女子、能力有限，特別易愁，抑鬱在心，漸漸頹喪。」

佳期吁一口氣。

她把搖鼓晃兩下，「明日再續。」

快變成說書先生。

她與申究扶起月圓，拖拉着回家。

「叫你見笑。」

月圓已可坐着吃甜圈餅。

她茫然問：「姐，我在你家？」

佳期不去睬她。

看得出申究再也找不到理由久留，他留下一些藥，「有事叫我。」放下名片。

佳期送他出門。

轉頭，月圓已在沖身。

水聲沙沙，她大聲唱歌：「給我一個吻，飛吻也可以，吻在我的心上——」

全是甜圈餅的力量。

反而是佳期，無比徬徨寂寥，獨坐床邊發獃。

終於，她進小廚房，煮一鍋白粥。

有人按鈴，佳期去看，卻是申家司機送食物，全是送粥香口小食。

佳期感激得不得了。

如此體貼，太籠絡人心。

月圓躺在沙發，一言不發。

佳期輕輕說：「你那樣嚮往到英美留學，這次是機會了，自費、爭氣、不求人、去，去讀那種為期十八個月十萬美元學費的 MBA，穿上黃金盔甲，張開金羽翅翼，回來把他們殺得片甲不留。」

月圓仍然不出聲。

她用大力搓臉。

「振作，起來！」

月圓走近，緊緊抱住佳期。

「要不，去旅遊，走，遊遍尼羅河，要不，揚子江，黃河也好，不如索性到幼發拉底河，我陪你，我正悶得叫救命。」

月圓忽然輕聲說，「申究對你有意思。」

「表哥—表妹，哈哈哈哈哈。」

「他不是你喜歡那類型。」

佳期微笑。

「你喜歡小鬍髭，眉目懂得傳情，會跳舞，諳接吻的男子。」

哈哈哈哈。

「來，我們到巴塞隆拿找。」

姐妹倆忽然大聲唱：「給我一個吻，可以不可以，吻在我的心上——」

希望明日也可以加入長歌當哭。

她們在網上找到明日患病前照片。

月圓一看，「啊，比下去了，這才是美女。」

「找不到她與未婚夫合照。」

私生活守秘，值得欽佩。

「汽車失事，可是駕駛那種飛碟般跑車。」

「據申太太說：有人醉駕，撞向明日他們。」

「明日當時也在車裏？」

「是。」

「不說這些，太令人沮喪。」

「據申太太說，兩人站一起，如金童玉女一般好看。」

她倆長長吁嘆。

月圓又說：「申究喜歡你。」

「你有完沒完。」

在王家，兩老也談論這問題。

「申太太說，申家一個子姪，對我們佳期有意思。」

「我王家對生意人沒好感。」

「那叫申究的孩子在愛爾康實驗室做腫瘤研究。」

「長得怎麼樣？」

「面貌端正，十分斯文，眼睛相當漂亮。」

「不是書獃子？」

「總比花天酒地好。」

「不要說那個，那個是垃圾？」

「申醫生父母教書，長居美國。」

「佳期對他有意思？」

「一朝被蛇咬，終身怕繩索。」

「不幸的佳期。」

「女孩子的命運多舛。」

「身體健康，便是青山在。」

「佳期三姨的兒子，快到了吧。」

「也是我的外甥。」

「對這個兒子的寄望，是大得不得了，自小認定他是天才，說甚麼你們三姐妹只得一個男甥——」

「孩子有自己想法。」

「好吃懶做最理想。」

「是你怎麼辦？」

「趕出去。」

「他已經自我放逐，懶看長輩眼色。」

王先生打開報紙，細細讀副刊。

佳期獨自讀專欄給明日聽，加插個人獨到意見。

「讀副刊專欄，知社會，不離地，作者各訴各苦，有時亦有喜事，十分有趣，最近說的，當然是移民問題，問我怎麼看？本市移民潮從未間斷，並不新鮮，孩子們可以送出讀書，將來，便成為該國公民，大人，不必離鄉別井啦，羨慕前後花園洋房？相信申先生倫敦溫埠均有居所，我們三對父母均決定長居本市，我？我喜歡在這裏可以叫警察阿 Sir，差大哥，兄弟，每條街熟悉，彎裏彎山裏山都去得，月圓比我更膽壯，全市購物打九折，夠面子，管家明天做白果芋泥給她吃，她才答應再度出現，唉，她也有怕難為情的時候，最近她忙，她大哥一家回來探親，我與她都害怕大場面大堆頭宴會……」

明日勢不能出席。

怕感染各種病菌。

在宴會廳擺了一桌，佳期與月圓遲到，申王劉三對長輩夫婦已經坐好，劉哥兩口咧開嘴賠笑。

佳期覺得陌生，劉昇發胖，已不如少年時模樣。

劉嫂有點惡相，膚色黧黑，面容不等邊，一邊嘴角有點歪。

以大城市標準，一看便知是老華僑。

兩個孩子另外坐在小桌子，已經在吃蛋包飯。

佳期朝月圓使一個眼色，端兩張椅子，與孩子們同坐，一眼看到管家正打點，再添一張椅子，把管家按下。

管家握住佳期的手，「折煞我，自己來自己來。」

月圓已餓，也吃起炒飯，「啤酒，越凍越好。」

剛剛這時，想是一早約好，申究醫生抱着禮物上來，招呼過後，也往小桌子坐。

管家要讓坐，佳期低聲喝：「坐！」

小桌子擠得水洩不通。

侍者連忙添碗筷。

幸虧孩子們頗聽話，一歲那個一直伸手要抓果子，佳期耐心餵他。

他哥哥乖巧用叉子。

管家問：「叫甚麼名字？」

月圓鄭重說：「好好回答，才給吃冰淇淋。」

「我是申東，他是申西。」

劉家就得這兩個小子傳宗接代。

申東起疑心，「你是誰？」

月圓冷冷答：「我是你們的姑奶奶。」

大家笑不停。

大人一桌挺冷清，劉太太揚聲，「笑甚麼？」

侍者上兩客香蕉船，孩子們拍手。

佳期說：「我們也要。」

她們吃一半便告辭，向劉哥送上禮物。

重甸甸每人四隻金幣。

月圓對申醫生說：「你，留下招待客人。」

「明白明白。」

管家笑得不能停止。

佳期問：「誰在家照顧明日？」

管家低聲：「有看護。」

她倆這才離開。

月圓說：「陌生人一般。」

卻還是把公寓讓出給他們住。

「孩子們還算有趣。」

「一家衣着都太隨便。」

「北美洲有這樣好。」

「佳期，你太懦弱。」

不挑剔人錯叫膽怯？

「叫你見笑，佳期，這回你可見到貔貅。」

「甚麼？」

「一種傳說中怪獸，只入不出，賭場中所謂貔貅坐鎮，便是這個意思。」

噫。

「小時候，他還訕笑妹妹我是青磚沙梨。」

「我與明日是獨生，吵都沒得吵。」

這一下子，王氏夫婦是見過申究醫生了。

王太太說：「一表人才，笑容可親。」

哈哈哈，怕只怕知人口面不知心呢。

「你爸也不反對。」

嘻嘻嘻。

「原來——」

一定是問要錢。

「那兩夫妻有兩項建議。」

第一項，是站着要，第二項，是坐着要。

「他們想要擴張爿餃子店——」

北美洲任何城鎮都已經有一千間餃子店。

「想叫父母賣掉本市公寓房子把款項帶往美國作為投資，然後，兩老與他們一起住。」

佳期微笑。

「白天，到店裏幫忙，晚上，帶孫子。」

佳期笑意更濃。

「這叫甚麼？勒索金錢，奴役老人！他們一聽，嚇得魂不附體，即時拒絕。」

「他倆在本市老友眾多，談笑吃喝，說話聊天，不知多愉快，怎會老壽星找砒霜吃。」

佳期點頭，老人不呆。

「他們哭着走了。」

還有第二個計劃呢。

「一手如意一手算盤的兩夫妻去找申先生，申先生請他交計劃書，派一名營業代表應酬他。」

劉昇何來計劃書。

「他沒有計劃，也未能提供任何數字，連店址也無，可見是想撈到資本，才作打算。」

「走了沒有？」

「走了。」

「又哭沒有？」

「幾乎要招待記者，說富貴親友不予照顧。」

「小公寓可遭到破壞。」

「洗衣機卡住不動、抽水馬桶淤塞、毛巾全泡浴缸、要洗地毯。」

「沒有打碎東西？」

「花盆全拉到地上。」

佳期終於大笑。

「每家都有這種親戚。」

「你與父親送出甚麼？」

「四枚金幣。」

「海關過得去嗎？」

「不知道。」

「這可是早婚最壞例子？」

「不，那是貪婪的最壞例子。」

「申氏夫婦彷彿沒有邀請他們到府邸。」

佳期答：「我父母也沒有。」

月圓嘆口氣：「其實人們並不會看不起能力不足的人，而是討厭少壯不努力，老大又希祈他人補救他不足的人。」

佳期問：「你決定自費留學沒有。」

「太遲了，錯失光陰永遠不回。」

「胡說，只有讀書這件事，永遠不遲，除非你覺得天才毋須再度學習。」

「讀書狂。」

然後，月圓用非常沮喪的語氣說：「我發胖。」

佳期嘆口氣，「看得出。」

「失守一百三十。」

！

真的不能再暢飲了。

可是圓潤之後的她減去棱角，看上去反而較從前可親和藹。

「我們出去吃餃子。」

吃慣申家廚房，真不想外出。

人，就是如此被縱壞。

在門口碰到申究。

「我也去。」

月圓這樣說：「老跟着我們，是要付出代價的。」

申究覺得月圓有趣，有這麼一個細姨子，真是福氣，隨即，他為自己的妄想臉紅。

月圓輕輕問：「你從不透露明日狀況。」

申究不出聲。

「這樣吧，我問你幾個問題，對，你眼睛往左看，錯，眼珠往右轉。」

佳期說：「別難為他。」

「明日的病況可是控制住？」

申究想一想，眼珠往左看向佳期。

表姐妹吁出一口氣。

「可是，惡症五年內可能會復發，甚至蔓延，可是這樣？」

眼珠向左右轉。

這時，佳期發覺申究有一雙精光四射的大眼，這雙眼主人會是老實人？

難得，讀那麼久書沒把眼睛讀壞。

「長些肉沒有？」

申醫生輕輕搖頭。

「頭髮長出無？」

佳期代答：「病來如山倒，病去如抽絲，那有這麼快。」

申醫生終於開口：「有些茸毛。」

月圓有點滿意，「進步。」

「她開始笑。」

「啊，太好了，笑甚麼呢？」

「她說，一次，聽到賢姐妹在露台高歌一首叫『熱情沙漠』的曲子，用著名小提琴伴奏，配合得天衣無縫，浪漫狂放，不過，嗓音就不怎麼樣，她不自覺笑出聲。」

佳期臉漲紅。

「然後，她收斂笑意，『我，我還有甚麼好笑』。」

「哎呀。」

「隨即克服悲觀，『能笑就笑吧』。」

月圓噤聲。

佳期說：「天生我才，必有所用，能叫明日笑。」

「醫護人員與申氏夫婦都覺得是大躍進，她胃口也好轉，希望外出吃小館子。」

疫症時全世界都有此盼望。

地球一場大病把全球關在室內，也許，可能，明日那段日子不那麼難過。

月圓這樣說：「下週六，可觀看月全食，我打算把小朋友請到泳池邊觀此奇景，屆時，月亮特別接近地球，比平日大7%，食甚時間，月亮呈暗紅色，紅月亮！」

「啊，甚麼鐘數？」

「凌晨三時。」

申究馬上說：「我參加。」

月圓睨着他，「有佳期的地方必有你。」

佳期答：「準備大毯子、熱可可，有個小孩叫弟弟，別忘記他。」

就這麼說好。

黑壓壓來了十多位，佳期數人頭：家長五名，孩童十名。

她架起天文望遠鏡，自己也有一枚海盜般單鏡頭。

申家提供一種大耳杯，先放進一隻巧克力球，再加沖熱牛奶，這時，薄球遇熱裂開，原來裏邊藏着小小顆花糖，多美味。

孩子們大樂，家長們當然也開心。

幸運地，當夜無雲。

美麗太陰星升起，碩大皎亮，震撼人心。

啊，佳期心中吟：花好月圓。

樂觀的申究則說：「但願人長久，千里共嬋娟。」

一個孩子說：「床前明月光，嫦娥！吳剛、白兔。」

大家開心得寒毛豎起。

家長抱怨：「為甚麼不知道早些享受如此良辰美景！」

「各位看電腦熒幕的時間太長了。」

稍後，地球黑影往月球邊上移動。

眾人「啊」，「噯」，「Wow」，「Man」，忽然一把稚聲最熱烈響亮：「啃！」

一看，是那叫弟弟的幼兒，他也懂得欣賞。

這種天然奇景，不是親眼目睹，很難形容。

上一次全食，是二零一九年，下次得二零二五，有緣人士，方能看到。

大家肅靜，抬頭看到天狗把月亮全吃掉。

管家與看護也看得發獃。

終於脖子都痠軟。

天空露出曙光，一抹淡紫色透出亮黃。

晨曦竟這麼美。

每天早上都有，只需早起。

是汝轉歪的面孔，錯過美好一切。

家長與孩子紛紛道謝。

管家每人再派發一隻巧克力球。

他們高高興興離去。

佳期不能熬夜，她趕回公寓睡覺。

她知道明日在露台上也看到美景。

多得月圓勞師動眾把大家自床上拉起。

最近幾年，佳期連旅行都提不起興趣，若沒有一班可愛學生陪她對答蹭磨，日子更難過。

失戀。

表面上終於也算過去了。

發風落雨之際，也許還會疼痛。

需感激月圓及明日。

是學生叫醒他：「地球找老師，地球找老師，我們知道你住在甚麼地方，你躲不過去。」

接着，收到校務處信件：「王博士，校方建議成立一個文學科啟發閱讀意見研究處所——」佳期沒完全看懂以上那表白真正含意，隨後是「希望王博士考慮出任所長——」

她升職了。

她那種不合常規的教讀方式因受學子歡喜，居然登堂入室，成為特別一派。

得意事來，處之以淡，佳期只把這事放在心內，這不是叫月圓與她一起高興的時候。

月圓約她說話。

她終於作出抉擇。

佳期吁出一口氣，失意事來，處之以忍。

月圓無論離職或留職，都要艱難克服前路荊棘。

月圓出現，氣色非比尋常。

她倒說得出做得到，不再喝酒。

她把事故變化簡約扼要說了一遍。

月圓是人才，把複雜的意外發展，三言兩語便交代清楚。

佳期聽得發呆。

這是奇遇。

「你說，佳期。」

佳期張開嘴，又合攏。

「佳期！」

「三個臭皮匠，一個諸葛亮，把申醫生找出商議。」

「干他甚麼事？」

「申究是聰明兒。」

「他是外人。」

「那才可以客觀思想，提供精確意見。」

「他會嘲笑。」

「我保證他不是那樣的人。」

佳期電召：「申究，來，過我家，帶幾碗好美味的雲吞麵。」

她對月圓說：「十五分鐘。」

她仍為月圓帶來的新消息訝異不已，張着嘴踱步，小客廳地板幾乎踏穿。

「坐下，佳期，我心甚亂。」

申究到了。

一進門便看見兩張灰色臉容。

「甚麼事？」

月圓打開食物蓋，把兩碗雲吞的湯汁喝盡。

「佳期，你說。」

佳期更加精煉，三言兩語便把情況說白。

申究睜大眼，「啊。」

「月圓，你要想清楚。」

「廢話，頭髮都白了在這裏。」

申究抬起頭，「真想不到你們這種大無畏煉成金剛不壞之身的時髦女也會有此災劫。」

「請提出閣下寶貴意見。」

「我們還可以請教另外一個智者。」

「誰？」

「申明日。」

「不行，她住象牙塔內，不食人間煙火，我們與她打交道，不外是說說笑提升她病中情緒，怎麼可以把腌臢事加諸彼身，太不道德。」

「這就是你們不對了，她不是腦子患病，明日她也是做事的人，她心思縝密，意見必定周到，快，上她家去。」

「我看不好——」

申究忽然吆喝：「開步走！」

佳期取過雲吞在車上吃。

月圓問：「佳期，可行嗎？」

佳期點頭，「也是我們把明日當一個正常人看待的時候了。」

管家看到他們三人，咦，時間不對，相當意外。

「明日可在休息？」

「她在吃點心。」

佳期端三張椅子，他們坐在門口。

佳期說：「明日，我們有事請教。」

停了一停，「月圓，你親口講。」

月圓聲音乾燥，「明日，請你分析指點。」

她不徐不疾說：「我在工作上遇到挫折，在局裏苦幹四年，與我同期同事最近都升上去，只有我，留在原位觀察六個月，到了期限，未必坐正。」

管家把飲料放下時聽到，一怔，惻然。

月圓說下去：「我很想升級嗎，當然，但會不會活不下去，倒也不會，但在這種情況之下，我想甚麼一點也不重要，我被扣留在原位，面對新入職同事，實在不好過，劉月圓成為考不出的老童生，明日，你也有工作經驗，你當明白。」

他們聽見「嗯」的一聲。

「以我脾氣，是決不能留下，已四處聯絡，預備轉工，在這種情況下，氣勢必然低三級，最多找到與此刻同等工作，又得重新尋找新的信任，明日，我從來沒覺得如此衰老。」

這還不算苦水，這是事實。

「佳期讓我去讀書，明日，從前，職業女性工作上不愉快，立刻說：『大不了結婚去』，今日，則興回大學避難，迴避到甚麼時候？」

他們聽到明日吁出一口氣。

「明日，對不起，把煩惱加你肩膀。」

管家呆呆站一旁，憐惜月圓。

「可是，還不止這樣。」

是，還有轉折。

「昨日，有人同我聯絡，代表一位周華寵先生，是，就是那位周先生，他此刻的職位是工商司，作風出名辛辣果斷，建樹頗多，樹敵也多，此君，邀請我過檔調升，而且，保證年資比我同事早一個月。」

佳期嘆氣，問題，就在這裏。

「我與周某並未經正式介紹，只不過在各部門聯合會議中見過三兩次，他為何向我招手？」

這時，落一根針在地上都聽見。

「他欣賞我才幹？算了吧，在制度限制下，人才與庸才根本分不清，至要緊聽話，莫給上級尋煩惱。」

月圓說到這裏，氣餒，喝幾口茶，說不下去。

佳期接口：「明日，可是聽着都覺得累？這位周先生，謠傳特別喜歡漂亮活潑女助手，上一位偕他往日內瓦開會一星期，返來轉職，往華輝行任副總裁。」

「我已走投無路——」

「月圓，不至於如此，別說得如此慘情。」

申究問：「明日，你有無意見，照說，月圓一轉職，世人已知原委，這周某暗暗注意月圓已有一段日子，他好不容易找到乘人之危的機會。」

佳期說：「他當然已婚，有兩個兒子，在英國倫敦經濟學院，讀管理系。」

「明日，你有何意見，去，還是不去。」

「話講完了，我們兩人已私底下投票，申究兄弟投反對票，佳期贊成我人先過去，見一步行一步。」

佳期自嘲：「沒想到我會叫月圓行險着吧。」

月圓說：「讓明日想一想。」

佳期看到管家站身後，「快盛芋泥出來，多些白果。」

月圓發牢騷，「咒我吃白果。」

大家又笑出聲。

「月圓，我們告辭吧，翌晨來聽消息。」

這時，忽自房內傳出聲音。

——「去。」

三人一怔。

只一個字，聲音黯啞。

佳期立刻知道，這是化療副作用，明日口腔內黏膜可能潰爛，所以聲音沙啞。

這才不願開口說話，沒想到明日立即中肯表態。

佳期心酸，「謝謝你明日。」

他們告辭。

管家連忙把食物打包，給他們帶走。

月圓說：「我累得賊死，明天要去見新工。」

「月圓，我還有話說。」

「申醫生，你太嚕囌。」

佳期：「聽他說完。」

「月圓，那周氏已五十左右年紀，這或許是他最後一個春天，最多十年八載，便要告老退休，他只是一名高職公僕，他不是老闆級有自家生意，屆時，恨你的人更多，他對你的青睞，全轉為白眼。」

月圓答：「我知，佳期知，明日也知，但目前，只能做到那樣。」

「犧牲太大。」

「申究，你是男子，你不明白，平凡女子其實沒有甚麼可以取出去換她所需的東西。」

「月圓你不是平凡女子。」

「把我看得那麼高?申究,我們結婚吧。」

申究頓時呆住。

「我到家了,好長的一天。」

月圓打一個呵欠,下車。

佳期鼻子都紅了。

申究忽然說:「佳期,我倆結婚吧。」

申究急氣攻心,想做救世主。

第二早,八時三十分,穿戴整齊的劉月圓抵達工商署。

她穿知更鳥蛋淡藍色套裝,內襯小小白色背心,她長胖了,外套腰身有點緊,精心淡妝,笑容滿面,上前敲老闆房門:「周先生,劉月圓前來報到。」

秘書錯愕急步替她啟門,周氏已經親手把門打開。

「歡迎，月圓。」

看到劉月圓色如春曉，一怔，細細觀賞。

是，他心裏說：「這次決定完全正確。」

他輕輕說：「你坐這裏。」

辦公室是套房，他坐裏間，安排月圓坐外間，大門一關上，兩個人的世界。

這時，秘書斟咖啡進來，被月圓輕輕截住，取過咖啡杯，走到內間，輕輕擱周氏桌上，轉笑着吩咐秘書，「我也要一杯。」

周氏頓時知道，劉月圓是個明白人。

往後的事，容易辦得多。

稍後月圓對佳期說：「也沒閒着，發下幾篇講稿讓我批改，由英譯中，原文實在寫得壞，英非英，中非中，拖泥帶水，全部『我我我』，玉皇大帝般口吻，改得賊死，最後，變成中譯英，好佳期，你給我看看。」

「不看，不能白做事。」

「我的意思是，這種時刻，演辭口角不能太過強硬。」

「也不能軟弱。」

「明白明白。」

佳期忽然想起，「周比你原來上司高幾級？」

「三級。」

好傢伙。

「此刻你甚麼級數？」

「與他同級。」

「老周替你出了一口烏氣。」

「別說出去。」

「整個中區已經知道。」

「佳期，你說我是不是已經完蛋。」

「肯定，100%污名跳入黃河亦洗不清。」

「密西西比河呢？」

「真想不到明日與我齊心。」

「明日也知道世界如何運作。」

「周氏可有約你唱歌跳舞。」

「他並不心急。」

以後，月圓再也少提周華寵這三個字。

誰也不問起。

那個叫弟弟的孩子，倒成為佳期老友。

她喜歡他不喜說話，配合環境。

她向他解釋日食與月食的理據。

小腦袋說：「這麼奇怪。」

的確神秘。

「這些星星，從甚麼地方來？」

佳期語塞。

房內沙啞聲音：「太初有道，道與神同在。」

佳期接上，「In the beginning, God created heavens and earth。」

弟弟驚異，「那是誰？」

假如是月圓，一定回答：我便是創造主。

佳期是佳期，她說：「另外一位阿姨。」

「這麼多阿姨。」

「可不是。」

一會兒，他被叫去吃點心。

佳期感慨說：「孩子們照亮這個悲慘世界。」

月底月圓發出薪酬，加薪70%。

在街上碰見舊同事，他們主動與劉月圓打招呼：「喲，我們還以為怎麼剩你一個不升，原來上頭一早有想法，把好位置留給你，恭喜恭喜，月圓，你平步青雲。」

不，不，不是這樣，但這時的月圓也懶得說話。

啊，全城勢利眼。

只除出佳期與明日。

還有申究。

世上得三知己足矣。

佳期攜魚蝦蟹雞鴨鵝見父母。

「哪裏吃得光。」

可惜月圓節食。

「你與申醫生可有進一步？」

「我們像兄弟姐妹一樣。」

「專家說最妥善是嫁好朋友。」

「我在家又不礙你們甚麼。」

兩老識趣改變話題。

「我們四老打算結伴坐輪船，你與月圓可有假期。」

佳期誇張地倒抽一口冷氣，加上打個冷顫，「坐船，我永遠沒空。」

「甚麼道理？」

「怎麼只得四老，還有兩位呢？」

「捨不下明日。」

這叫甚麼，世人只道神仙好，惟有兒孫忘不了。

「你們玩得開心點，我資助四位，乘那種河道遊小型船，多瑙河最瀟灑。」

「對，對，就是那種，費用不低呢。」

佳期忽然豪氣，「我升級加了薪。」咚咚拍胸口。

這些日子，她感染了月圓的爽氣。

月圓知後說：「計劃極佳。」

「申先生太太也一起更好。」

「申氏排場不一樣。」

「你看不起富人。」

「哈哈哈，憎人富貴嫌人貧。」

真愛聽月圓爽朗笑聲。

多瑙河。

佳期這樣對明日說：「我與男友遊過多瑙河，那是一個很會玩的人，全程用一把小小的哈囉吉蒂傘為我遮太陽，同船遊伴叫我吉蒂，那次，玩得真高興，我不認為與父母或表妹一起可以同樣快活，但——」

佳期知道明日在用心聽。

「稍後，我接到一個訊息，一個女子傳密訊給我：『他不是一個好對象，任何一個星期三午夜十二時，你到著名紳士會所去看一看便知道。』」

這是他上一任女友吃醋舉止嗎。

佳期到底年紀輕，隔了一個禮拜，在午夜十二時，乘車到紳士夜總會。

那地方相當豪華，推門進去，立刻有人含笑招呼，「小姐，全女班賓客在向右角落。」

整個場所煙霧瀰漫，充滿歡笑吆喝之聲，但空氣卻出奇清新。

佳期立刻知道，負責人在場所打氧氣，好使人客精神百倍，繼續享樂。

座位，都巧妙地圍住一個小型舞台，已經有半裸舞女盡其本能扭動蛇般身軀與四肢表演，音樂全是呻吟之聲。

佳期輕輕說下去：「我一眼便看到男朋友，我站在角落，沉着地觀察。十分鐘後，便後悔到這個紳士夜總會，想馬上逃走，但雙腿不聽話，竟不能動彈。啊，不，看脫衣舞不是稀奇事，但那人不光是看，那人幾乎要躍上舞台，與舞女一起作真人表演。他一隻手握住一疊鈔票，另一隻手向舞女招動：『來！來！』，大半身已探上舞台。那舞女拗身向後，去咬那疊鈔票，眾人拍手叫囂：『好！好！』舞女終於咬到鈔票，眾人歡騰，氣氛去到至高點……」

每個星期三，他都在此作樂。

那人興奮到極點，面皮紫漲，全臉大汗，叫着朋友名字，「一起到我家泳池再繼續，寶寶，貝貝，立刻更衣，快，快。」

他好像立刻要爆血管，腦充血。

每個星期三。

他沒看到佳期。

佳期總算拔動雙腿，艱難地一步步走到夜總會門口。這時，燈光轉為碧綠色閃動。

佳期相信，一定同她面色差不多。

她聲音更輕，「他那種如魚得水，一派極樂之態，恐怕上癮已深，定有十年八年功力，不可能戒得掉，也無必要解脫。」

她與他疏遠。

他隱約也知原委。

想挽回是因為他父母喜歡他這個女友秀慧正派。

不過佳期已經鐵了心。

她始終不知給她警示的是甚麼人。

她為自己解嘲，「並不是一個盪氣迴腸的故事。」

明日嘆息。

「世事古難全，今日聽見多瑙河三字，忽然喚起回憶，河的兩岸風光真美麗到極點。」

旖旎，用這兩字形容才對。

第二天上課，心情欠佳。

學生們看得出來，唷，凶。

佳期轉過身，揉揉面孔，再轉過來，臉色已經好看得多。

「各位同學，本學期九月開學，你們便是我的計學分學生，今日，先見個面，一共十名學生，分兩班可好——」說到這裏，課室門推開，又走進兩名，手裏捧着咖啡，略為尷尬。

佳期聲音低沉，「還有人遲到沒有？」

她把課室門關好，鎖上。

學生肅靜。

有人再度敲課室門。

佳期惡向膽邊生。

一個同學怯怯說：「是位中年太太。」

果然，玻璃外站着系主任史教授。

佳期只得開門。

史教授相當愉快，「王博士，歡迎歡迎擔任文學漫遊科。」

看到咖啡，立刻取一杯喝，又遞一杯給佳期。

「今學期十二名學生都慕你名而來，會不會人太擠？」

「尚可顧及。」

這時，又有兩名學生捧着甜圈餅進來。

史女士發話，「課室有鼠患，不准進食。」

氣氛不可如此輕鬆。

史女士再取一杯咖啡，「好，你們多談談。」

她一走，佳期便在黑板上，是，還在用黑板，寫下「凱撒大帝」、「冬日故事」與「李察二世」，「各位同學，開學日前，熟讀該三本著作，你們可能不知道，上述三本也是莎士比亞先生的傑作，請寫筆記：人物中誰是誰、劇情、主角性格弱點，準備討論。」

「喲！」，「不是講故事給我們聽嗎」，「聽說是討論文學故事中女性到底需要甚麼」……

佳期取過一隻杯子當驚堂木，嘭一聲，「此刻退課還來得及。」

她開課室門離去。

那十餘名頭髮毛毛大學一年生錯愕。

大概他們聽說的王博士不是這樣的。

為甚麼取出莎氏大名？

佳期少年時，教師也如此做。

第二天問教務處，「可有人退課。」

「又添多一名，說這一班可協助創作科，王博士可要分兩班。」

「我想想。」

走到門口，看見一個人。

佳期一怔，找上來了，這次她並不躲開他。

「佳期，容我說幾句話。」

佳期繞路走。

他不難看，西裝合身高大瀟灑，所以說，知人口面不知心。

「我說了就走。」

佳期已走到停車場。

「是家父差我來請求你做一個中間人，他老人家千叮萬囑吩咐把話傳到，他不知你我已經分手。」

嗯，老人有何話說。

「我竟一直不知申先生是你姨丈。」

佳期一怔。

「家父有一宗生意有點阻滯，請你在姨丈前說一句話，即係，方便一下把華貿那批貨予我家奇銘。」

佳期開啟車門。

「佳期，話已帶到，我這就失蹤。」

他忽忽退下。

佳期把車駛走。

咄，她還以為他戀戀舊情，才纏住不放，原來不過是為着利益。

那老人家對她很客氣。

他看重她：「佳期，有何不滿，對我說。」

但，也不表示佳期願擔當這種關係。

她不相信奇銘公司會得倒閉。

就算是，也不關她事。

她回家。

那一邊，月圓可也不輕鬆。

她在老闆房內商議一封來信。

——「只要瞭解到美學與文化的本質思想與潛在的威逼力與共鳴，只有正確大力的理解與領導，我們和本市文化界和其他參與者就可以走向一個更高的平台，成為世界美學的指路明燈。」

月圓先笑出聲，「周先生，你聽懂沒有。」

「他想向工商處領取津貼做他心目中的美學。」

「全中。」

「信為甚麼不知所云。」

「也許應在網上註明：本署已不接受任何貸款計劃。」

周正在換領帶，他要參加一個追思禮拜，換黑色領帶以示尊敬，但沒有鏡子，忽然結不好。

月圓踏前一步，目光沒離開那封信件，手勢卻純熟，三兩下便結妥領帶，束緊，整理一下襯衫領子，又退開。

她說下去：「這人還說他是晚清著名古物收藏家王大文的曾孫。」

周被劉月圓一連串結領帶動作做得目眩，怔半晌。

他終於開口說：「新聞處總新聞主任盛惠利的祖上還是釣魚台島島主，這是千真萬確事實，當年慈禧太后的賞賜，人家勤工謙和，一字不提。」

祖上幫得誰，除了大把遺產。

最怪的還有一個專欄作者，不止三五次在文中提及他祖父有一張紫檀木書桌，不知這書桌可有時時顯靈，助他文思一臂之力。

月圓寫下，「此信正在批閱中。」

周氏忽然問：「月圓，下班一起去李氏週年酒會。」

「多少年了，可有百年？」

「尚未，他三十發跡，約七十年。」

「多謝周先生帶我開眼界，我先去置一件衣裳。」

周氏本怕她拒絕，聽到她應允，放下心。

他去了一回禮拜堂，又回轉，再換領帶，這回，月圓不再理他。

她已換上深紫色小小窄身裙。

周氏心中喝聲彩，臉上不露甚麼，可是雙眼出賣他。

男子，別人不知道，到這個年紀，他特別欣賞美色。

月圓就是有本事，她貼得周氏很近，可是硬是比他後半個肩膀，慢半步，這真是藝術。故此周氏與她說話，需微微側臉，有點像特別眷顧。

是，他的確願意看住她。

也只有這幾年，他很快不再擁有工商署，他快將退休，他外邊那一幫淘伴，年紀差不多，也會退下，大夥漸漸淡出。

月圓與周氏走進宴會廳，大家都往他倆看。

啊，周某新女伴。

雪白面孔，狹長美目，高䠷身段，周氏就是好運氣。

大家上前招呼。

周氏替月圓介紹。

月圓笑露雪白牙齒，聲音清脆，記性奇佳，過目不忘，討得人客歡喜。

這時，她看到一個熟人。

正是她從前的上司，認為她不配與其他同事一起升級那人，他也在現場。

出乎意料，月圓並沒有揚眉吐氣的感覺，她反而略有感觸。

對方大抵不想見到她，她就順着對方。

這時，她也看到申先生。

她笑着走近，「姨丈，我替你介紹周先生。」

申先生哈哈笑，「月圓，阿周是我老朋友了。」

周氏卻驚奇，「月圓，我不知申先生是你姨丈。」

那晚，月圓碰到許多人。

她可沒喝酒。

已是整整兩個月沒碰酒精，意志力算是驚人。

周氏送她回家。

在車裏，兩人都有點累，沒説話。

月圓並不討厭他，周氏有他氣度，到底是個運籌帷幄的人物，身段維持得不錯，略胖，舉止大方。

過一會她把手縮回，「我到了。」

「我送你上去。」

「我還同父母住。」

獨身回到家，累得賊死，妝都不卸，倒床上睡着。

剛才的酒會可像一個馬戲班？

再像沒有。

第二早，劉月圓穿雪白襯衫坐在辦公室。

她自覺已練到第九層功力。

而王佳期，並沒有找申先生代那人託人情。

可是，隔不多久，那人電話又到。

錄音機上如此說：「佳期，別切斷，我只說兩句話，家父的困難，已圓滿解決，相信是你把消息傳到原故，我家十分感激，佳期，祝你前程萬里，健康快樂，我不會再出現，衷心謝謝！」

佳期發怔。

她的運道轉佳，沒做過的好事也算她頭上。

這個人總算告一段落。

佳期別無所求，這人永遠永遠永遠別再出現便好。

一個人，可以叫別人厭惡到這種地步，也算是難得。

月圓找她，氣色好得多，減肥也成功。

她坐下便問：「明日情況如何？」

佳期答：「差不多。」

「仍患幽閉症，不願出來。」

佳期不語。

「把申究找出拷問他。」

「你自己也可以問明白。」

「我不怕，我這就去，醜姐夫終需見妹妹。」

就這件事？

「佳期，你看看。」

她出示一張白紙，上面有幾行打印字：「一一七八，六月一日下午三時之前入，六月三日下午三時出，盡你所能。」

佳期完全不懂，「甚麼意思。」

昨早一上班便看到一隻信封，拆開，裏邊有這張像密碼字條，她輕輕收好。

誰，誰傳怪訊息給她？

「佳期，你心靜，人聰明，你說一說。」

「我看不明。」

「一個號碼，是飛機火車班次？」

「不像。」

「甚麼叫進，甚麼叫出？甚麼叫盡你所能。」

打啞謎。

佳期朝陽光照一照紙條，只是普通打印紙，沒有水印。

佳期沉吟，「進與出，像一隻貨物。」

「盡你所能。」

「你有多少，便做多少。」

「是一隻股票的號碼。」

「查財經版，九七一四是甚麼股票？」

月圓一查，嗤一聲笑，「是有這麼一隻股，在仙界徘徊，根本無人理睬。」

「甚麼股？」

「澳洲一隻礦物股，主鋅，從未聽過澳洲產鋅，那是防鏽的一種礦質。」

「公司叫甚麼名字？」

「華鋅。」

「過去有何種交易？」

「微不足道。」

這時，月圓電話響起。

「劉月圓小姐？」

「我是。」

「我是華鋅投資部經理陳富，聽說，你打算入股？」

「聽誰說?」

「朋友。」

月圓說:「本年度六月一日下午三時進,六月三日出。」

「沒問題,劉小姐,煲冷醋的人都有眼光。」

佳期微笑,電話騙案。

「劉小姐,這不是一個騙局,你把投資數目,託可信人物,過賬到華鋅公司。」

電話還沒有掛斷,姐妹便哈哈大笑。

劉太太走近,「甚麼事如此好笑,真正有月圓便有笑聲。」

佳期把笑話說出。

劉先生聽到,他走近,「不,這的確不是騙局,我認識陳富,我也有投資華鋅,只是它宛如一潭死水。莫非就要井噴?你自何處得來內幕消息?」

這是內幕消息?

「再明顯沒有。」

「那是犯法的。」

「咄，我買中冷門馬是我眼光。」

佳期沒好氣，「親愛的姨丈，騙子便如此得手。」

「我放下十萬元玩玩。」

月圓躊躇，「我有三十萬私蓄。」

佳期沒好氣，「我要回學校。」

「喂，文學家——」

「可贏幾倍？」

「這樣鄭重搭線，怕有十倍？」

佳期看着月圓，「你知道是甚麼人傳字條給你了。」

劉先生問：「誰？」

他也明知故問，已寫出支票。

佳期示警，「月圓。」

「好機會。」

佳期無奈，「我出五元。」

不到五分鐘，月圓已用電子賬戶轉賬。

那陳富知會：「收訖。」

佳期半晌說：「他要照顧你，為何如此鬼祟。」

「這叫小心。」

「不理他，好似不給他面子，想這必是他一貫作風，下無此例。」

月圓點點頭。

「這是渾水，人人有金睛火眼的敵人。」

月圓嘆口氣。

「你喜歡他。」

「他有肩膀。」

「但是你不會愛他。」

「甚麼年紀，還談那些。」

佳期又嘆口氣，「過幾天是明日三十一歲生日。」

「甚麼，已過三十！」

「申先生夫婦約我倆到明日處吃飯。」

「明日會一起坐嗎？」

「當然是這樣希望啦。」

「我負責叫她。」

佳期當然不會小覷月圓的膽色。

翌日就得到證實。

工商署宣佈一項投資計劃，周華寵與幾名重要助手都到場，一排站開。

現場已有記者鼓躁諮詢不足：如此龐大公帑，投向十年內未必有回報工程。

周的助手踏前解釋，被記者喝回：「不要你開口支支吾吾拉扯無邊，周華寵，你站出說！」

眾人一怔，電光石火間，劉月圓走前一步，提高聲線，「這是環球報的記者李先進先生可是——」

「不，不是你，要周華寵說。」

劉月圓指向他，「你父母與老師沒教你別人說話你不得插嘴嗎，你身為知識分子，如何一點禮貌與規矩均無？」

這時其他記者已發出笑聲。

「本署此項計劃，已經過無數徵詢過程，記錄在案，隨時可查。街訪對象，無論大學教授、洗碗工人，他們寶貴意見均一視同仁，不知李先進先生為何一定覺得只有周華寵先生才配與你對話？其實我與你的學識程度相差無幾，我亦能夠做你那痞子般挑釁語氣。」

眾大笑不已。

那李先進猜不到碰到頂頭貨。

劉月圓隨即說：「那邊新明日報記者李小亭舉手，李小姐，你有話儘管問周先生。」

周華寵立刻問：「李小姐的問題是——」

劉月圓退後，雙臂繞胸前，金睛火眼瞪住記者群。

二十分鐘後發表會結束，眾人「嘩」、「嘩」聲「竟把李某駁回去」，「哈哈哈」……

申先生在家看到月圓痛斥無禮之人，也「嘩」一聲。「佩服佩服。」

申太太卻低聲說：「只怕嫁不出去。」

回到局裏，布政司正在等他，周以為他會說幾句，誰知他笑，「惡人自有惡人磨」，笑完離去，並無譴責。

受氣也已受到眼核。

周氏在走廊看到月圓，做一件奇怪的事，他握着月圓的手，吻她的手背。

諸同事鼓掌獎勵劉月圓。

「看到沒有，那李某臉如土色。」

靜下，月圓喝檸檬水，也不知適才的盲勇從何而來。

第二天早報大字刊登：「歹毒的鷹犬妨礙採訪自由！」

月圓維持沉默。

佳期看到，也不出聲，她忙着做手工禮物給明日。

「縫工奇醜，是甚麼？」

「我也覺拙劣。」

「是兩隻小抱枕。」

「一隻塞玫瑰花，另一隻薰衣草。」

「多有心思。」

枕頭上還繡着「安枕」「無憂」四字。

那日她們買了鮮花水果到申明日處，沒想到申太太比她們早，在廚房打點食物。

佳期說：「做些鮮口固體。」

「海鮮可不行。」

「做象拔蚌粥。」

月圓說：「又是粥。」

「我做了鮑魚，問一問申醫生。」

「沒請他，又問他好不好吃鮑魚，這——哈哈哈。」

結果只得燜豬膶還可口。

申先生到了。

他看看女兒房門，有點盼望。

佳期站起，「我去喚明日。」

申太太說：「不要勉強她。」

佳期照樣端張椅子，輕輕說：「爸媽已經來為你慶生辰，不必換衣裳，運動衣衫即行，就我與月圓兩姐妹是客人，我們還是同一位外婆呢，出來說幾句話，我帶來一隻精製巧克力妒忌你蛋糕，快出來享用。」

說完，吁出一口氣，等回應。

隔了三分鐘，沒有回應。

申太太說：「大家起筷吧，鮑魚涼了不好吃。」

就是這時，門鎖嗒一聲響。

中太太站起。

月圓把她按下，「你是媽媽。」

有人緩步自房內走出。

明日在前，看護在後，她不是扶住明日，而是扶着點滴器，原來明日正注射流質食物。

佳期讓明日坐在父母之間。

明日輕輕說：「我先吃蛋糕。」

佳期說：「明白明白。」

只那樣說幾個字，嘴角的血泡已經破裂，看護連忙印去血跡。

中明日相貌不忍卒睹，新出的頭髮一搭搭像癩痢，頭顱與身段都似骷髏，深陷雙目，皮膚焦黃。

怪不得不願見人。

中太太想握住女兒的手。

看護點頭。

佳期與月圓爭先，一人搶握明日一手，啊，明日五指好比雞爪。

申太太愁眉百結中笑出聲。

管家取出蛋糕。

蛋糕上有明日十歲生辰字樣，大家又忍俊不住。

明日把蛋糕切開，分父母各一小塊。

佳期朝明日使眼色，明日又切兩小塊給管家與看護。

「給申醫生留大塊。」

「佳期掛住申醫生，哈哈哈。」

各種小菜，明日只能放嘴裏含一下。

這還叫做大有進步？佳期心中淒慘。

明日與父母握一下手，忽然，靠在母親肩上，「媽媽。」

申太太淚如雨下。

看護輕輕說：「生辰快樂。」

——「明日生辰快樂。」

佳期把小枕塞到她懷中。

明日與佳期擁抱。

佳期只覺得她身軀像張紙一樣薄與軟。

她進臥室去了。

中太太哭個不休。

佳期先告辭。

月圓指手畫腳說：「這鮑魚切片我帶走，粥呢，半鍋夠了，豬肉給申醫生，豬頭吃豬肉，哈哈哈。」

申先生一直看着月圓與佳期笑，「我送你們。」

晚會完美結束。

佳期走到樓下，看到申究來接。

她走向前，「給你帶蛋糕來。」

申先生忽然趨向前，「可愛的佳期，姨丈替你做媒如何？」

申究佳期料不到這一着，面孔漲紅。

申醫生只得打開盒子吃蛋糕。

申先生說：「要抓住王佳期啊。」

申究鼓起勇氣，「多久我都等下去。」

申先生呵呵笑，「佳期，至多半年，是不是。」

他轉身離去。

佳期氣結，「申究，那你在這裏等到天亮。」

能叫男子等，究竟是難得的。

佳期說：「我為明日的容顏震驚、痛心。」

「那是因為你沒見過太多病人。」

「——『再美的美麗都會消逝，因不幸或時光轉移被剝除——』」

「明日還年輕。」

佳期點頭，「我食而不知其味。」

「蛋糕極美味，我獨吃半隻。」

到了。

申究忽然說：「佳期，我說等你，那是真的。」

佳期垂頭，「你是所有媽媽心目中乘龍快婿，等不及，也沒有人會怪你。」

申究微笑，「真要讀文學的人才講得出如此溫婉的拒絕。」

第二早，佳期被電話喚醒。

「佳，看今日經濟版，快。」

「你在甚麼地方？」

「辦公室，我不多講，中午到你處面談。」

佳期到門口拾早報，她不常看經濟版，找半晌才看到大字頭條。

「怪傑馬斯克某項新研究需求運用大量鋅礦產，突然決定收購澳洲西部鮮為人知卡古利礦場，該礦場離柏斯市約九百公里，平日靜寂不堪，股價突然井噴式竄升百倍如火山爆發——」

佳期意外得張大嘴合不攏。

奇事。

她第一次投資股票便大賺特賺，那五元資本現在可以請客吃飯了，她姨丈大人更加賺得笑。

得意事來，處之以淡。

佳期希望月圓可以按捺興奮之情。

她給月圓留言：「不要多說一句話。」

那天做事，佳期特別起勁。

發了橫財，特別高興，她為自己的貪婪與庸俗訕笑。

月圓接她下班。

啊，尚未換車，還算沉得住氣。

月圓喜歡一款愛快羅蜜歐車廠出產的茱麗葉小跑車，小而窄，不適合體重超過一百三十磅人士。

她怔怔說：「我發財了。」

「千萬不要向貴人道謝。」

「該怎麼辦呢。」

「靜靜享用，放心，那位經濟師陳富一定會指點你放到甚麼戶口。」

「是否該置一層寬敞一些公寓？」

「不要想得太美，大概可以多買三百平方呎。」

「有無後悔沒跟我落注。」

「不，我要後悔的事太多，不為這種事懊惱。」

「家母找我，你陪我走一趟。」

「不去，你的家事，你看着辦。」

「他們為何找我？」

「你說呢。」

總不會是因為想請女兒喝蜜糖水潤喉。

月圓父母與佳期爸媽性情大不同。

劉太太支吾沉吟半晌，才這樣說：「他們要叫孩子回來學中文。」

月圓真希望父母與她商量的事與錢無關。

「只兩個孩子？」

劉太太說：「我早已過接送孩子上學放學的歲數，況且，國際學校學費驚人。」

劉先生說：「人家不是真要送孩子過來學中文。」

月圓微笑。

「是要我們發放一些津貼。」

劉太太問：「給多少，多久給一次？」

「當然越多越好。」

兩老唱相聲。

「每個月一千吧，每季付一次，你說如何。」

月圓答：「我沒有說法。」

劉太太鬆口氣，「那就交給你了。」

劉月圓輕輕說：「一個仙也沒有。」

劉太太睜大雙眼。

「我賺的血汗錢，永遠不會代人支付家庭開銷，不管那人是誰，他吃粥他吃飯，當自身量入為出，我這裏，一個仙也沒有。」

「月圓——」

「而且，在人類所有惡行中，我至憎恨的，是男人向女人要錢，一個仙也無。」

她站起，走出娘家門。

大概要到農曆年才會見他們。

經過酒館，幾乎沒走進喝它一瓶半瓶。

綠仙子……

伏特加。

霖。

全是好知己。

過一天便與她的財經顧問看房子。

那陳富有許多忠告：

「劉小姐，你仍住小公寓，新住宅出租，利疊利，本金滾本金，小富由儉，很多人如此起家。切勿這麼快換新車，穿新衣，都市特多牛鬼蛇神，見你獨身、美貌、有點錢，會來謀你。」

說得那樣滑稽，月圓當然大笑。

「嘿，劉小姐，我目睹女子愛充闊，沒有貯蓄，錢都花在衣着首飾上，時時譏笑別人寒酸，她則是貴族，結果中年過後，沒有剩錢，房子越住越小，車子越坐越大，不久潦倒，像老式粵語電影那樣，貧窮交逼，活不下去。」

月圓知道是事實，止笑。

這種老套庸俗的忠告，是為金石良言。

申明日家的泳池在改建。

申太太說：「加熱管，冬天小朋友也可以暢泳。」

如此好客，那是沒有的了。

小朋友父母也想出法子回報，讓孩子作手工模型送明日：洋娃娃、毛毛熊、飛機、怪獸……都有。

明日喜歡。

月圓故意問要。

明日也假裝不捨得，掙扎半晌，才給一隻吋許長布製小老鼠。

最高興的是王佳期，申明日終於加入她們胡鬧團。

天氣漸涼。

明日每天出來客廳走一回。

露台窗總是打開透新鮮空氣。

她手臂漸漸長肉，背上褥瘡痊癒。

佳期看護士替她敷藥，用一支長長棉花捲，輕緩推向乾皮，眼看皮膚似一層透明油紙般褪卻，隨棉花枝落下，露出粉紅色新皮。

會得自動更新的人體真是奇蹟。

明日輕問：「面孔？」

看護答：「不急。」

明日不悅，氣喘。

那邊，王太太為難地與女兒説：「月圓的母親——」

佳期看着母親微笑。

劉太太訕訕，識相住口。

當然，從此大抵少了一個半個親戚。

週末，佳期與小朋友一起嘗試暖水新泳池，真是享受。

那弟弟，已經學會蛙泳，一邊游一邊呵唷唷地笑。

他此刻比較多話，一邊吃熱狗一邊告訴佳期：「很瘦的姐姐回醫院。」

佳期一怔。

她怎麼不知道。

立刻披上毛巾找人。

管家與護士全不在。

她心急，大聲叫：「找人，找人！」

女傭忽忽出來，「表小姐，甚麼事？」

「明日呢？」

「明日去醫院複診，給表小姐留了張紙條。」

佳期面色發綠，立刻找申究。

申究答：「例行檢查。」

「騙人。」

「我不騙全世界，也不騙你，我是醫生，我沒有隱瞞病情習慣。」

「我立刻去醫院。」

「佳期，聽我說，過度關懷反而會添亂。」

「是，是。」

「我來陪你。」

「不用，我在泳池游十個塘。」

佳期對自己莽撞歉意，讀過字條，靜靜離去。

為甚麼申究說的句句屬實？

佳期與月圓都需要控制自身，關懷是好事，但不是越俎代庖。

她靜下來，回學校辦事。

過了三天，明日在清晨才與她通話，她一定有重要的事。

「佳，我來看你。」

可見檢查報告良好，佳期放心。

「醫生怎麼說。」

「醫生說我可以自由走動。」

「讓管家陪着你。」

「給我三十分鐘，希望不會妨礙你工作。」

明日有話要說。

來到佳期的蝸居，一進門，她以為是玄關，並不停步，想走入客廳。

佳期拉住她，「這就是了，請坐。」

瘦骨嶙峋的明日氣色好得多，她看到狹小客廳，不禁駭笑掩嘴。

「嘿，」佳期說：「可惡，稍有閒心就嘲笑我。」

管家歉意，「明日，山不在高你懂得否。」

「對不起，佳，我不是故意。」

「太晚了，不接受道歉。」

「很可愛，不用花太多時間收拾，你工作忙——」

「越描越黑。」

管家說：「我去做茶。」

佳期看住明日：「可是好些了。」

明日點點頭。

佳期握緊她的手。

管家捧出自家帶來白菊花茶，以老賣老，到睡房張望。

看到一張小床貼着三邊牆，不禁說：「表小姐，你也太刻苦。」

「寸金尺土。」

「月圓小姐呢？」

「她只得一個小統間，沙發拉開就是床。」

「大學沒有宿舍嗎，月圓是公務員，傳說有大宿舍。」

「還是自置單位妥當，凡百從頭起。」

「哎唷，佳期，比起你們，我如嬰兒，光會生病。」

佳期連忙大聲說：「你現在連生病都不會！」

管家連忙說：「是，是，是。」

「在自己家，永遠似小孩，生一場大病，變成嬰兒。」

是，親友也有責任。

明日說：「佳期，我要離開你們了。」

「明日！你要重新學說話，甚麼叫做離開我們，你的意思是，你想獨立。」

「表小姐明白她的意思。」

「醫生說我可以旅行，我想到——」

佳期拉下臉，「你這是禮貌上知會我，不是與我商量，你人大心大，自有主張，你想去何處？馬丘比丘還是阿泰卡馬。」

明日吃驚，「佳，你的反應比我爸媽還要激烈。」

佳期忽然想起申究的教訓，噤聲。

「申醫生怎麼說？」

「申哥覺得我越快恢復正常生活越好，特別是適量運動。」

「他有無叫你學跳降落傘？」

「佳，我此行是去讀建築博士學位。」

「哪間學校？」

「加州理工。」

「太吃重，收錄你沒有。」

「病前已經錄取。」

「怎麼捨得，再待一個學期可以否。」

「已經三十多歲。」

這時月圓與申究也到了。

不夠椅子坐，他們坐地下。

明日嘆口氣，「真被你們累死，走步路十多人盯着。」

月圓鼓着腮不出聲。

小地方黑壓壓都是人頭。

沉默一會，明日說：「你們寵壞我。」

管家說：「回家邊吃點心邊談。」

月圓開口：「這裏的空氣毒不死人，明日也該回到凡間走走。」

管家避到廚房，冰箱貼洗衣機放，只容一個人站位。

鄰居有小孩練琴，一曲「給愛麗斯」錯誤百出，聽出耳油。

「你們不必送我。」

申究阻止，「明日你越說越難聽。」

「管家會跟我走，這是父母的條件。」

「甚麼，」月圓譏諷：「打完齋不要和尚？我們兩姐妹呢，姨丈姨媽呢，還有泳池裏那十多個小朋友呢，特別是那個叫弟弟的小孩，更有護士女傭呢，把申醫生也撇？」

「月圓。」

「我這就走，免得婆婆媽媽，拉拉扯扯，多心人會以為我們圖個甚麼，

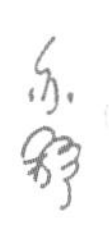

此後結婚生子都不要叫我，我不想說明天會後悔的話，我告辭，消失。」

她果真拉開門離去。

明日說：「比我父母還要激烈。」

管家說：「這回大家都累了，明日再講。」

申究問：「打算幾時動身。」

「下月。」

已經月中，那表示只得兩個星期。

明日太盼望呼吸自由新鮮空氣，脫離病人生涯。

「要帶甚麼，我去辦。」

「甚麼都不用。」

這是真的，甚麼沒有。

佳期受到驚嚇，「先回家休息。」

「佳——」

「我明白，你感激我們，恩果長記，申先生會照應我們，諸如此類，哎呀，我也累啦。」

管家催明日走。

他們走了之後，佳期打開一罐煉奶，勺着吃。

怎麼會同明日培養出如此深厚感情。

此刻，癌症去，良弓藏，多說無用。

忽忽忘記過去，努力將來要緊。

明日若不離開父母，如何進修，還有，怎樣交男朋友，遲早叫申太太眼淚浸死。

看到申究自廚房轉出，佳期一怔，「甚麼，你還沒走？」

他慢條斯理的答：「我是不會走的。」

學壞了。

佳期輕輕閉上雙目，躺到沙發上。

忽然間她覺得無比安逸，她竟憩着，是因為申究緣故吧。

那邊，周華寵在申宅書房與申先生說話。

「我想向月圓求婚。」

申氏輕聲問：「你離了婚沒有？」

「正在進行。」

「付出條件不差吧。」

「當然得負擔他們三口生活費用。」

「那是相當坑人的一件事。」

「明白。」

「你是受薪階級，一旦離婚以往三十年業績可說是一鋪清袋，淨身出戶，叫劉月圓收留你？」

「申先生太看低我。」

「你還有甚麼戲法？」

周華寵頹然。

「不可收取太多內幕消息，妒忌你的人不少，你背脊上插滿刀箭。」

「月圓並不重視物質。」

「也許是，但你總不能叫她吃苦。」

「申先生我是真心鍾情於她，她的活潑美貌照亮我中年蒼白的心。」

「於是你變成一個詩人。」

周華寵尷尬到極點。

「你與我商量這件事，是想聽到我鼓勵吧，阿周，我相信劉月圓不會嫁你。」

周華寵洩氣。

「她早把你看得一清二楚，雖然你目前重要職位把你捧得榮光四射，但工在人在，工亡人亡，退下來之後，你不過是個普通中老年漢子，我聞說局裏已在策劃你的承繼人。」

「我倆可以退休到英國某郡過清淡天和日子。」

「不是她不行，而是你不行，你會留戀過去繁華：司機、秘書、助手、下級一大堆人，還有攢牢你屁股走的各界商賈，阿周，你不知己，亦不知彼。」

「申先生你把我踩成一堆爛泥。」

「我有自知之明，故此婚姻牢固，永不移民，世上最勞神傷財的是離婚與移民這兩件事。」

周華寵垂頭，「你不贊成。」

申氏答：「忠言逆耳。」

「我小心聆聽。」

「誰娶到月圓與佳期都是福氣，我也欣賞她倆的生氣勃勃。」

「申先生說得好。」

「小女明日也有這種遺傳，醫生一批准，她立刻往美升學。」

「申先生好似還有話說。」

「阿周，是休養生息的歲數了，減少應酬，少喝酒，有空到倫敦看看孩子。」

「明白。」

申氏叫人送客。

周華寵走後，申太太緩緩走出，這樣說：「阿周老壽星找砒霜吃，活得不耐煩了。」

申氏不再言語。

過兩日，周華寵同月圓說：「我放假往倫敦數日，你可與我同行。」

月圓立刻拒絕：「倫敦有甚麼好去，況且，周太太已經避得那麼遠，還緊追過去，欺人太甚。」

「那麼，我一個人去，辦妥事情立刻回來。」

「你不介意，我倒有句話說，別太慷慨，你自己也有日子要過，同時，不惜犧牲一切也要恢復獨身，人家顏面何在。」

周華寵這時發覺時勢真正不一樣了，往年，他若願意離婚，女伴會感激涕零跪倒地上，今日？無論他怎麼做，都是輸家。

他靜靜轉身，叫秘書訂機票。

月圓對佳期說：「我只是敬重他。」

「你只是敬重他職位帶來的尊嚴及權力。」

「佳期你不必拆穿我。」

「跟你學的呀。」

「申究的家長在多倫多，你的驛馬星到啦。」

佳期打個冷顫，「那地方，夏季攝氏三十五度，冬季零下三十五度。」

月圓拍手，「哈哈哈，世事古難全。」

「我掛念明日。」

「人家未必記得我們，病得甩皮甩骨的日子當然巴不得忘記。」

「我們三人竟如此緊密地過了大半年。」

「我與你都不是沒事做的人，好時光過去也就是過去，各忙各的，我倆不過是催化劑，還有，接着一段日子，我可能忙得連王佳期都不能常見，有怪莫怪。」

「多情反被無情惱。」

「你有申究，三姐妹相聚，造就你同申醫。」

佳期問他：「是甚麼時候開始你注意我。」

「管家說來了兩位表小姐專為開解明日，那時明日已多月沒開門說話，情緒跌落到馬利安那海峽。看護說，你隔着門與她說瑣事，她愛聽，故此我張望一下，就該剎那。」

剎那，是佛偈，即一秒鐘。

「咄。」

「管家說，兩位表小姐，一個熱鬧，另一位靜，兩人都愛吃，忽然提升各人情緒。」

「月圓的功勞。」

「我欣賞你的謙讓。」

「父母老嫌我固執。」

「對，明日——」

「申家的事，我們已經牽涉太多。」

申究說：「明白。」

明日並非沒有心肝，每星期要求面談，後來，減到雙週。

仍然瘦得可憐，老穿長袖襯衫。

佳期只稱讚過某件白襯衫好看，三日後那件襯衫便已寄到。

然後。

然後，佳期留意到明日背後時時有一個人。

那是一個年輕男子，在另外一個角落，有時出現，有時不，多數忙碌低頭寫功課。

他身段十分好，長髮，留鬚，不像華裔。

佳期豁出去問：「那人是誰？」

明日轉頭，「啊，艾薩，過來一下，妹妹問你是誰。」

那男生走近鏡頭。

啊。

佳期睜大雙眼。

好一個俊男。

濃眉下是碧藍雙目，藍眼也有許多種，這可是愛琴海的藍色，豐厚嘴唇雪白尖尖犬齒，溫暖笑容。

他這樣用標準普通話說：「佳姐，我是鄧永康，明日的師兄，時時幫她做功課——」

明日一掌把他推開，「我幫你才真。」

佳期目定口呆。

事後對申究說：「名字也好，明日需要永康。」

痊癒了。

「要過五年才——」

「你淨說晦氣話。」

「我們宣佈訂婚吧。」

「這許多繁文縟節——」

「那麼，索性註冊算數。」

「那也得知會父母，我家親戚你是都見過了。」

「本週末我到王家宣佈婚訊。」

「申究，我有點忐忑，我不懂為人妻室。」

「有我陪你。」

「陪我穿白紗？」

「陪你做家務。」

這倒還好。

佳期與申究走了一趟多倫多。

這拜會的工夫，佳期還是有的。

她照平常一樣穿得相當樸素。

那邊天氣已涼，申太太特地送來一件深藍色凱斯咪長大衣，佳期穿上，份外顯得書卷氣，佳期最佳飾物是她的學歷與履歷，申太太已向申究父母通報。

申究爸媽非常非常喜歡王佳期。

他們只逗留三天，水到渠成。

王佳期生活開始順心。

九月尾，北國都會忽然飄雪。

幾乎不捨得走。

申究搖頭，「可以到加州探明日。」

佳期搖頭。

「明日過得不錯，那叫艾薩的混血男朋友漂亮得荒謬，長鬈髮湛藍雙目，挺拔身材。」

申究看着她，「愛斯基摩人養的赫斯基犬也長毛藍眼。」

啊有點醋意。

申家長輩送一層寬大公寓作為兒媳新婚禮物。

佳期與父母去看過：地段清靜，近大學，四房、三衛，老式建築，間隔實用，生孩子不用搬家。

月圓的母親開頭不出聲，終於忍不住，「難怪都說要嫁有錢人。」

王太太說：「此申氏是正經人家。」

「佳期可放心。」

單位鬆全乳白，看上去更清爽。

佳期第一件事便是買一輛腳踏車，在客廳騎到露台，然後再轉向臥室，申究搭在她身後，嘻嘻哈哈，如此一天，享受家庭樂趣。

大家都替佳期高興。

王太太終於吃得下睡得熟，一下子胖十磅。

很簡單註冊。

月圓說：「結婚了。」

佳期答：「結婚了。」

照片傳予各親友。

明日說：「佳妹一貫樸素，全無筵席婚紗。」

也沒有寶石戒指。

申先生太太送全屋家具，也照佳期意思，精緻實用，美觀低調。

就這樣成了家。

是你的就是你的。

不能說王佳期的路好走，世上沒有好走的路，以及走好路的人，但比起劉月圓，總還好些。

周華寵去英倫不到三日，人一走，茶涼不去說它，連杯子都收走。辦公室充斥竊竊謠言。

月圓怎麼會聽不到。

——「……？」

「……，……」

「……！」

終於，核心小組把劉月圓請到會議室。

「劉小姐——」

月圓面色甚差。

「劉小姐，大家相處這些日子感情不差，有消息請告訴一聲。」

月圓答：「我不知道。」

有人按捺不住，「你怎麼會不知道。」

有人按住那人，「你讓劉小姐說。」

「你們聽到甚麼？」

「決定調走周先生。」

「往何處？」

「山旮旯。」

「誰替他。」

「首長府調出一名叫淩睽的人，性格低調，真人不大露相，三十七歲，從未結婚，亦無子女，持英美兩個管理科博士，最新論文叫『毋忘羅馬帝國興亡』。」

來勢洶洶。

「這是他近照。」

「你們消息比我靈通。」

照片中他正講課，遠鏡，看不清楚，但見一個穿白襯衫瘦削男子，有股說不出書卷氣。

「周先生沒同你說甚麼？他去倫敦辦甚麼事？可知山中方一日，世上已千年。」

「他在倫敦辦私事。」

「大家都聽說他去辦離婚。」

「我不清楚。」

「劉小姐，我們怎麼辦，一朝天子一朝臣，會否全體調去坐牌照部。」

「我不知道。」

「劉小姐，你有驚人定力。」

月圓動氣，「你信不信我這一刻便攆走你。」

「給些指示，劉小姐，一向以你馬首是瞻。」

「坐定定，做一日和尚撞一日鐘。」

「我的天。」

「說得也是，不然也沒別的辦法。」

「劉小姐像真的甚麼都不知道。」

「當局者迷。」

「周先生會有安排吧。」

「他自家泥菩薩過江。」

重重嘆息下散會。

月圓帶一箱啤酒到佳期新家。

她說：「你與明日運氣都比我好。」

「但是，你長得美。」

月圓苦笑，「是，我長得美。」

「我們都聽說你那處有大調動，而周氏還在英倫。」

「那份工真是血汗錢，隔天在報上捱罵：走狗、鷹爪、狗腿子、奴才，唉，我一殼眼淚。」

「周氏可有同你聯絡。」

「他一身蟻，還理我？」

「叫他回來。」

「我怎麼敢教這隻老狐狸做事？他一定有紕漏叫上頭抓住。」

「與你有關？」

「我是小菜一碟，不敢自大。」

「月圓，幫不到你。」

「拿啤酒來。」

「不要喝酒。」

「你可以溫言勸解我，安慰我破碎的心，你連申明日都哄得好，何況是我。」

「月圓。」

「你可以陰聲細氣對我說：『月圓小姐，這種關頭，你要拿出最後勇氣與尊嚴，殺頭的時間到了，不會很痛，非常快速，咔嚓一聲，身首異處，一了百了，你速速投胎到一戶好人家，來世鳥語花香』——」

「月圓！」

月圓痛哭。

周氏並無一言半語。

好一個劉月圓，一人做事一人當。

第二早回到辦公室，秘書迎上，「那位凌睽先生本週來訪。」

「星期幾。」

「沒說。」

是突擊查視。

「周先生可有消息？」

「無。」

月圓坐下想一想。

她喚秘書：「叫小明多找一個人幫手，把我辦公桌搬到大廳一起坐。」

「劉小姐，沒有空位。」

「我說有就有，快！」

真的水洩不通，月圓的特大號寫字枱無處可放。

這裏！

大堂有柱位，無人願坐黑暗柱後。

手下只得把桌子往該處挪。

月圓這些日子積聚不少身外物，光是先進文房電器通訊用具一大堆，電線更是一綑一綑，一條錯不得。

文件夾子更是一疊疊，都先搬出放地上。

忙到午飯時分，才有些眉目。

小明說：「劉小姐，我先去吃飯。」

「不准。」

一想，怎好不讓人吃飯，「替我帶一盒免治牛。」

「要加蛋否。」

「要。」

秘書貼心，先給她帶飯上來，坐在別人的椅子一起吃。

月圓問：「周先生可有消息？」

「無。」

月圓真氣餒。

把書桌搬出親密套間，分明是欲蓋彌彰，越描越黑，但士急馬行田，也只得見步行步。

「趕快搬。」

「不會這麼快來吧。」

月圓抱起一大疊文件走出，甫抬頭，便看見三個穿西服男子在大堂一字排開。

像天兵天將一般，來了。

月圓發獃，呆視。

不錯，站前面的正是淩某，另外兩名手下，稍微站後半步。

月圓忽然心酸。

不久之前，周華寵出行也是如此，三人成品字型，帶些煞氣，確實好看。

那淩睽也一怔，辦公室同事已去午膳，這個女子卻像在搬家，身水身汗，手捧大疊文件，最奇是嘴角還黏着一粒蛋飯，分明邊吃邊做，忙得一塌糊塗。

是誰，好一雙明媚雙目。

電光石火間他想起在電視見過這張亮麗面孔：劉月圓！

他連忙說：「月圓，我是淩睽，下月一號來上班，你好。」

「是，是。」

「你在搬甚麼，為甚麼無人幫手？搬進，還是搬出？」

月圓的心靜下，輕輕地問：「你說呢，淩先生，搬進，還是搬出。」

那淩睽豈會不知先前安排，他只想一秒鐘，「當然搬進，照舊，與同事說：我只帶兩名助手過來，一切不變。」

月圓說：「明白。」

他自她手上接過文件放桌子上。

月圓這才知道手臂已經痠痛。

淩某說：「再見。」

月圓送出。

這時，淩睽忽然伸出食指，輕輕抹去月圓嘴角飯粒，遲疑一下，放入口中。

月圓怔住，不再上前，看着他與助手進入升降機。

回到大堂，她轉回自己套房，脫力緩緩坐倒在地。

是，說得好，的確很快，眼前一黑，咔嚓一聲，人頭落地，並不痛。

半晌，小明他們回轉。

劉月圓啞聲說：「搬回去，不要攪錯電線。」

小明他們呱呱叫，「又搬回去？」

月圓在休息室冰箱找到啤酒，終於破戒，連喝兩罐，卻一絲內疚也無。

淩睽長得清秀，肢體姿態上佳，絲毫不見驕矜，比周氏高段數，聲線略低，僅僅可聞，十分斯文。

真沒想到有如此人才存在。

在車裏，淩睽問手下：「如何？」

助手甲：「真沒想到比上鏡還漂亮。」

乙：「名不虛傳，可是，為何荊釵布衣做搬運工人？」

甲：「我也想不通。」

乙：「美麗的她可有真才實料？」

甲：「很快知道。」

「周華寵可有消息？」

甲：「無。」

「他下一着是甚麼？」

乙：「辭職。」

甲：「局裏等他自己開口，然後，苦苦挽回不果。」

「記住，我們也可能如此下台。」

「我們又沒有能力獲取內幕交易消息。」

「議論到此為止。」

甲、乙：「明白。」

他們聲音極低，像是習慣機密談話。

啊，與周氏的張揚完全相反。

凌睽心裏一直想：劉月圓那麼好看，叫平日最守規矩的他情不自禁。

她為何忽忙，她在搬些甚麼，可是為周某毀滅一些文件？她一額汗，脫去外套只剩一件極薄白襯衫，美好身段畢露。

啊，劉月圓真人竟這麼好看，傳說對她不公平。

月圓回家，在浴缸中泡熱水，直到手指皮起皺才起身。

佳期問候她：「沒事？」

「沒事。」

「那就好，改天吃飯。」

「佳期姐姐，你不必應酬我，最近我忙得放屁功夫也無，我無暇吃閒飯。」

啪一聲掛線。

申究問佳期：「沒事了？」

「沒事。」

「美麗女子一定有辦法。」

「劉月圓越大一歲越漂亮一歲。」

那邊電話又響。

月圓說：「我沒空。」

「月圓。」

唷，是周華寵。

月圓忽然心酸。

「好嗎？」

「當然不好。」

「月圓，你小心聽着，我已成功辦妥私事。」

月圓聆聽。

「月圓，即訂飛機票到倫敦與我會合。」

月圓不出聲。

「我已辭職，月圓，我們結婚，在湖區置間草廬，一起賞花觀月過日子。月圓，我會照顧你。」

「……」

「月圓？」

「我打算繼續工作，自力更生。」

「月圓，你的職位沒有前途。」

月圓不出聲，她盡量按捺，她不想說出心中話奚落諷刺一個人落水時的偏斜眼光。

「我不會到倫敦。」

他似乎急痛攻心，「月圓，你變了。」

「再見，周先生。」

她掛斷電話，拔去插頭。

本想披上大衣，到佳期處訴苦。

走到大門前，才想到佳期已經有丈夫，她就算撥得出時間與同情心，她也不便打擾。

月圓覺得心裏某處一個小角落已經死亡。

很快，咔嚓一聲，不痛。

她繼續上班。

一號才應報到的凌睽，提前五日已經坐在辦公室。

他把牆壁漆成乳白，換一張更大但樸實辦公桌，叫人不大聲喊出，而是走到那個下屬跟前，低聲說出他要求。

太討人歡喜。

周華寵丟下工夫，需一宗宗整理。周喜歡把工作扣留到最後才發給屬下，好叫他們緊張，凌睽不一樣，先給他們一個方向及充份時間，同事感激。

桌子上最多的是請帖。

凌說：「可否刪一些。」

秘書：「劉小姐已剔除75%。」

「再刪。」

劉小姐想一想，整疊取起，掉進廢紙箱。

大家微笑。

他眼神不大與同事接觸，怎麼形容那雙眼睛呢，不是很明顯但總是覺得有點水汪汪，故此特別明亮。它們主人的感情一定特別豐富吧，但也說不定。

他每天走近月圓的次數不少，微微側身說話，不面向對方，以免呼氣噴到她。

月圓有時說得起勁，忘記這種跡近遺失的社交禮貌，正面看向俊秀面孔，忽覺失態，又急忙轉頭。

秘書低聲自言自語：「為甚麼呢，明明如此被對方吸引，卻又不願承認。」

助理輕輕回答：「兩人都太好看了一點。」

一號到了，電話才響起，外界發覺工商署已經換人，劉小姐說：「全接到新聞處新聞室。」

市內大亨早已知道消息，隔幾日才約凌睽茶聚飯會，凌睽並不熱衷，他與諸大學有約，商討工業發展及獎學金名額問題。

凌並無習慣攜女出席，只帶一名男助，說得興高采烈，下次再續。

一個月不到，社會已忘記周華寵這個人。

人腦與電腦都裝不下那麼多過時過氣閒雜人與事。

有同事聽見凌睽說：「文件上許多由劉月圓簽名，這件事有點危險，文件往往由簽名人負責。」

這是說給劉月圓聽的吧。

當時，年輕的她還有點得意。

多久之前的事，十年，二十年？

沒有，才一年。

月圓見凌睽進升降機，總避開與他一起上落，同事也都知道。

一日，正慶幸只得她一人享用升降機，已經按鈕，凌睽伸大手一攔，進入小小空間。

月圓只得頷首，「淩先生。」

他的手指纖長好看，按了地下。

這特快升降機有時會引起耳鳴，不知如何，今次特慢。

她聽見淩睽輕輕說：「不用刻意避我。」

月圓漲紅面孔。

這張老臉，她忽然傷感，真沒想到這張老臉，這顆老心還會畏羞。

「有無半小時，喝杯咖啡好嗎，我有幾句話要說。」

月圓聽見自己說：「轉角有間咖啡室，叫紅月亮。」

升降機終於到達地下。

媽的，這是他們第一次約會。

她竟如此斯文，言談舉止似王佳期。

平時談笑用兵的本領全丟往爪哇國。

月圓似被人點了穴道，身與心都不由主。

由始至終，他倆目光並無接觸。

挑一張小圓桌，兩人打斜坐，仍不直視，如此別開生面。

月圓叫黑冰咖啡一口氣喝完大半杯。

她聽到凌睽輕輕說：「劉月圓，我想追求你。」

月圓睜大雙眼。

許多男子追求過她，從來無人如此直接，多數挨挨蹭蹭，碰肩膀、握手，再進一步～～～

「如果我沒有想錯，你對我也略有好感，月圓，我們可否約會，我未婚，無親密女友，有正當職業，無不良嗜好，嚮往結伴共度苦悶餘暇，你意下如何？」

月圓雙目越張越大。

她忽然恢復勇氣，把手按到凌的手背，「好。」她說。

這時，凌睽他才鬆口氣，背脊已被冷汗濕透。

月圓只夠膽說出一個字，接着，她站起，獨自離開咖啡室。

男助甲在門口看到，「糟，劉小姐拒絕了他。」

助手乙：「不，不，淩先生在笑。」

定睛一看，「唷，他笑起來也真太好看一點。」

那邊，劉月圓腳步踉蹌回到小公寓。

她縮到牆角，悲從中來，號啕大哭，像受傷動物，淚如雨下。

竟要折騰這麼久，脫下幾層皮，才能遇到這個淩睽。

她撫摸自己雙臂，他再不出現，劉月圓就快屍骨無存。

她痛哭整夜。

在申宅，申太太也哭得不能停，眼淚不分老幼。

管家一直用冰毛巾替她敷臉，咦，管家怎麼回來了，莫非明日……

佳期心卜卜跳，急把姨母擁懷中。

「甚麼事，甚麼事。」

管家答：「明日要結婚。」

佳期以為聽錯。

嫁給誰三字就要出口。

不，不可以，不能熟不拘禮，近之則不遜。

這時，申先生自書房出來，「佳期，你來了真好，我有話說。」

佳期連忙跟他進書房。

佳期不小心一腳踢到茶几，雪雪呼痛。

「明日可是大好了。」

申先生給她看一張照片。

佳期說：「我在網圖上見過這個人。」

正是那眼睛湛藍如最浪漫的愛琴海那年輕男子，頭髮比從前更長，鬈曲兼有波浪。

而申明日，一看樣子就知道健康情況日益進步，雙頰不再下陷，正張嘴笑，但是缺幾顆門牙，不過又不醜，像打架或運動失牙的頑劣兒。

佳期吁出一口氣。

申先生說：「我也這麼想，」他惻然，「病這一場，自鬼門關兜個圈，內在與外在都變個人似，精魂出竅，幾乎彌留，又救了回來，今非昔比，做父母的只能說好好好。」

佳期忍不住傷感。

「聽說也是建築師，寫字樓上班，也可留長髮？」

「他們這一代甚麼都可以，只講真功夫。」

「會幸福嗎，也不理它了。」

「照片中明日眼睛也在笑。」

「我也這麼想。」

「叫申太太不要哭。」

「她不哭會失落，不哭做甚麼。」

佳期微笑。

「佳期，你最懂事。」

「我是小老太婆。」

「佳期，還有一事。」

「他們可是打算一切從簡，都是我，給了壞先例，不要與他們辯論。」

「不，不是明日。」

佳期一怔，那是甚麼人？

「月圓，她同一個叫凌睽的人在一起。」

佳期還是第一次聽到，「啊，月圓同我疏遠。」

「他倆極之低調，但是，知道的人實在不少。」

「我以為——」

「佳期，本來不應背後議論小輩的私事，但申太太十分不放心。」

佳期不出聲。

「她與周華寵分開你可知道。」

佳期欠一下身子，搖頭。

「周因咎辭職，月圓沒有跟他一起，迅速結交這個凌君。」

又出示一張照片。

啊。

「申太太說：我家女婿怎麼全像電影明星。」

「不，申究像冬瓜。」

「佳期你真謙和。」

這小子又是甚麼樣人。

申先生說：「我打聽過了，性格十分低調，與周氏完全不同，從無桃色新聞，辦事能力有口皆碑，據說是個神童，又是運動好手，游泳、劍擊，均曾代表本市出賽。」

「如此優秀。」

「恐怕不易招呼。」

佳期忽然笑出聲，「不怕，姨丈，月圓能應對希特拉。」

申先生不由得被佳期引笑。

管家送點心進來，「我就知道表小姐一到，包管大事化小，小事化無。」

佳期問：「管家你怎麼丟下明日。」

「唷，她撵我走，連司機都不用。」

佳期點頭，「是該如此。」

管家笑着出去。

申先生說：「你讓月圓小心。」

「姨丈怕這人有深藏不露陰暗面。」

申先生不出聲。

這時，佳期端起點心，見是碗粥，又有棕色粒粒，以為是紅豆粥，喝一口，誤會，是鹹的牛肉粥，忽覺腥氣，忍不住噁心，欲吐，連忙抓到廢紙箱，已經來不及。

她直吐到見黃水，連胃都翻轉倒出，眼淚鼻涕，怎麼都止不了。

申先生已經喚人，申太太與管家跑進。

「對不起，對不起，喔——喔——救命。」

連忙扶進客房。

「不，不，我立刻回家再吐。」

管家把佳期按倒，「叫申醫生。」

她與申太太交換眼色，忽然微笑。

申先生着急，「甚麼事。」

申太太輕輕在他耳邊說一句。

「哈！」

申太太把他拉出臥室。

申究趕到時，佳期還不爭氣，仍喔喔不已。

她對丈夫說：「隔夜飯都嘔出，獻醜，整臭申宅。」

申究深深吻妻子手心，不語。

「明日要嫁長髮西人。」

——「他有中文姓名。」

「月圓又有新男友。」

申究微笑。

「刺激到極點。」

「你是因此嘔吐大作？」

「那碗粥。」

「管家毒你？」

佳期一怔。

「王佳期你是一隻冬瓜。」

申太太不再流淚，她翻箱倒篋找玉器。

「一向嫌俗，不知丟往何處。」

一向比姐妹鎮定的佳期忽然心生無比恐懼，握緊丈夫手臂，放聲大哭。

管家出言安撫：「不怕不怕，回家父母俱在，不怕沒人幫手。」

申先生哈哈笑，「多久沒抱嬰兒，好好炮製他！」

「雙喜臨門。」

月圓一驚，佳期懷孕，哎唷，以後想見她都難。

怎麼會，她也困惑，世事竟如此多變，時間大神推着他們往前進，他們跌跌撞撞又開始進入生活另一更難階段，一天比一天艱難。

想到自家也保守着快要結婚這一已不算秘密的秘密，心驚膽戰。

她給淩睽看她伸出的雙手。

她的一雙手，不仔細留意不發覺，看真，十隻手指不停輕輕顫抖，止都止不了。

啊，淩睽輕呼，他也伸長手掌。

月圓看到他手比她的還抖得厲害。

兩人都沒敢說出來。

天，這是怎麼回事，也太可憐了，對這段感情緊張及慎重到這樣。

兩人忍不住緊緊擁抱。

又被助手甲看到，「這麼慘，誰還敢結婚。」

乙：「行禮之後會好轉。」

「又不是秘密，路人皆知，神經病。」

「並非智力及學識可以控制。」

「如此深愛，不枉一生。」

助手甲忽然想起，「糟，婚後，可會解僱我們？」

乙：「！」

「兩件事不搭腔。」

「你聽我分析。」

那邊，劉太太嘆口氣，「真算一表人才。」

「劉月圓比得上有餘。」

「那自然。」

「桌上都是甚麼禮物。」

「各人一塊金磚。」

「這不是說笑話時候。」

「我不知道，等月圓回來拆開驗看。」

「劉昇那家人已經打聽有無他們幾份。」

「幾份？」

「要四份。」

「不是說對象是一位周先生嗎，真困惑。」

「咄，哪家女兒沒多人追求。」

「是，是。」

佳期終於問：「送了些甚麼，申冬瓜可是兩手空空。」

「冬瓜家有大屋。」

佳期訕訕。

「那長髮才妙手空空。」

「佳期，我們會長久嗎。」

「只有你才配問如此風流瀟灑問題，我與拙夫白頭到老。」

不能同月圓開這種玩笑，她如變一個人，這次，認真得嚇人。

「你爸媽與我爸媽不是要乘船遊多瑙嗎。」

「再三細思量，還是想留下監管我們。」

永遠放不下。

凌睽問助手：「有個姓周的人，退休去了何處？」

「啊，那一位，」助手甲翻翻資料，「流落在墨爾本，娶了洋婦，加一起共五名子女，無官一身輕，十分自在，見過他的人都說羨煞旁人。」

「他尚有匿藏資金。」

「那自然。」

月圓問：「淩先生你真的不打算宴客？」

「我不認得客人，親人不會介意，我們照王佳期例子做。」

晚上，他對月圓說：「這件事，非說不可。」

月圓看着他。

很簡單，今日，或是將來，他有甚麼對不起她的事，她便取出尖刀，一刀殺死，然後往警局自首，沒有商榷餘地。

「申先生說：他打算擺幾桌請朋友，叫我們一起出席，甚麼都不必理，做客人便可。」

月圓嗤一聲笑。

「明日已經答應出席。」

「他對明日說，佳期與月圓已經答應。」

「怎麼拒絕。」

「你也沒有辦法？」

「咦，此話怎說？」

「你不是把請帖成疊丟進廢紙籮？」

過兩日，佳期家來了一個年輕女子，自稱是申明日舊時同學，正是那組設計本市辦公室合署的建築師之一。

「聽說，王博士對該幢建築有興趣。」

「欽佩到極點。」

「申明日託我送來設計圖，本應一早拜訪，但庸人事忙，耽擱不少日子。」

「太客氣啦，勞駕你不敢當。」

女客放下一枚電腦匙。

她還帶來一盒牛油餅乾，輕輕問：「懷孕辛苦嗎？」

佳期這樣說：「不足為外人道，並非懦夫可以應付。」

那年輕女建築師駭笑。

她告辭，在門口忽然說：「明日真可惜。」

佳期一怔。

何出此言？

舊同學沒問候明日，也不提明日婚事，卻說了這五個字。

佳期打開那盒餅乾，嗯，香甜可口，吃個不停，一下子吃掉半盒。

管家奉申太太命探望，看到嚇一大跳，「這種餅乾吃多少胖多少，怎可捧懷中當飯吃」，連忙一手搶下。

身子重了，佳期覺得四肢遲鈍，腦筋也慢得多。她怔怔地笑。

「累，快躺下。」

真不是大排筵席的時候。

申究說：「不如早些放假。」

那更成為豬玀，無論如何不行。

佳期肚子忽然捱一下踢。

她本能反應雙手掩住。

申究沒看到，否則又要大驚小怪。

申究何等明敏，只有深愛他的人才會把他當冬瓜，他感動之極。

稍後把觀察所得告訴父母及申先生。

「四處游走！」，「頑皮」，「要想名字了」，「做祖輩最開心，享現成的福」，「找保母沒有」，「自己帶？」，「嘩，偉大」，「沒看錯佳期」，「唷，小兒傢具都沒置」，「快代買，洋人會把嬰兒放到抽屜裏睡，兼在洗碗盆洗澡」……

這種愉快的盎然樂觀最愚魯，但嬰兒未出生已有這種魅力，哄騙大人十多載，然後拍拍屁股離巢而去。

佳期仍然上課。

她說到上古婚姻其實不涉及美滿與否。

學生們忽然感慨。

「但是慶幸，我的長輩全無離婚先例。」

大家吸口冷氣，「我外公外婆祖父祖母早已分手，爸媽則商議分居。」

佳期說：「我一個表親讀英倫法律，她有刁陀時期某女子要求離婚書信。」

「多數控對方不能人道可是。」

「王博士真好，往往告訴我們現實生活中發生甚麼事，否則學生全踩九層雲上。」

「文學中彷彿不提離異之事。」

「有孔雀東南飛。」

「王寶釧為甚麼不離婚？」

「她愛薛某。」

「梁祝算不算？」

「那是殉情。」

「悔婚。」

「這裏頭教訓是甚麼？」

「用功讀書，做妥功課，前途在自家手中。」

近日王博士對學生態度和善得多，從前，連乙級都不輕易給。今日，不忍心給丙。

接着，她腳腫。

月圓找到大兩號粉紅色與淡紫色球鞋給她。

佳期剪短頭髮，看上去，有點像明日。

她母親吁出口氣，「本來是顆珍珠，現在變魚眼睛了。」

「噓。」

「我發覺申醫看着佳期的眼光有些慘痛。」

「他不捨得佳期犧牲。」

月圓約她晚餐。

佳期這樣說：「你知道，我並不是個閒人，我也不是特別愛打聽別人消息，我不乏消遣，父母叫我，我還未必有空。」

月圓知道佳期報復她先前的冷淡，賠笑，「是有要緊事。」

「那，稟告父母不就行了。」

「那麼，我們下午四時正到府上。」

「有一種牛油餅乾……」

「行，帶十盒。」

佳期笑着與月圓擁抱。

月圓帶着她男伴。

佳期伸手，「是淩睽吧，我是姐姐，早該見面。」

淩睽腼腆微笑。

月圓眼角紅紅，到廚房取啤酒，空手而出。

淩睽輕聲說：「孕婦不喝酒。」

月圓的鼻子亦跟着紅。

是新式化妝嗎，她一向古怪主意多。

女傭說：「太太，我立刻去買。」

姐妹互握四手。

佳期問：「有話説？」

「佳期，淩睽與我已經註冊結婚。」

佳期挺着肚子，一下子站不起，又坐下。

「父母知曉沒有。」

「一會告訴他們。」

「他們心裏也有數。」

「佳期，我倆已辭職。」

「嘎?!」佳期怔住，這才是大新聞，「賢伉儷二人薪酬幾乎等於小國國民整年收入，可是到甚麼地方任更高新職？」

「我們退休。」

佳期發獃，「別刺激我，我是孕婦。」

佳期知道月圓十多年來已經做夠忙夠鬥夠鬧夠，好幾趟險過剃頭，死裏逃生，又再爬起爬起爬起。

還用說，累得眼睛都睜不開。

轉頭到辦公室，還得眼放精光，聚精會神，都練成入魔境界。

「姐，我胃出血，半夜作嘔，吐出來是鮮血，凌睽把我送入急症室，我不敢出聲驚動你們。」

佳期說：「輪到你吃粥了。」

「醫生囑我妥善休養。」

「放大假吧。」

凌睽這時低聲說：「已決定休息，其實，我在工商處也不過是臨時工，暫替適當人選上任，屆時，上頭會派我往新西蘭威靈頓籌備一間大學分校。」

唷，能者多勞。

「十畫沒有一撇，敵對國聞訊，已策劃當地反對黨人遊行抗議，叫滾出新西蘭，我已拒絕該項任務。」

佳期張大嘴。

「威靈頓就很妥當。」

「幹甚麼，牧羊、辦雞場、爬山、學跳降落傘？」

「姐，人家也是文明國家，大學辦得極佳，女首長果斷精明。」

「父母怎麼辦？」

「大哥一家打算回流。」

「都算好了。」

「姐，我會照顧到你順利生產。」

「嘿嗤，我申氏大把人手。」

凌睽微笑，「大姐不高興。」

「不捨得。」

「之前我們會去探訪明日。」

「你倆根本打算失蹤，嫌我們是白丁、布衣、凡夫俗子，戀戀紅塵，鑽營浮生，持家帶孩子，俗不可耐。」

月圓握住佳期的手，「姐，苦苦削尖頭皮經營生計，錙銖必較，分秒必爭，寸步不讓，只落得賤名，你難道不倦。」

「依賢伉儷禪說，聽天由命，不必養兒育兒，工作吃飯？」

「大姐，趁有力氣選擇自由清淡天和生活方式。」

「我最恨三十餘歲退休，五十餘歲又想復出的人。」

「真沒想到大姐如此激動。」

「你，阿凌，你就是帶壞本來努力激進的劉月圓。」

他們一對俊男美女相視而笑。

「署方批准你們走路？」

「上頭照例擺出『沒有你們還怎麼幹下去』模樣，多年我們已看得爬起雞皮疙瘩。」

緣分已盡，再也不吃那套訛言謊容。

這時，胎兒踢動幾下，隔着衣裳都看得見。

「唷，」一月圓大驚，「胎動。」

「胎兒都討厭你們。」

凌笑：「那不是真的。」

「阿凌，世上沒有何事何人難得倒你？祝你一年後生三胞胎男孩。」

月圓答：「我不生兒子，白白辛苦十八載，曾經一度媽媽媽媽，母親是他生命中最重要人物，然後長大了，結識女友，老媽即時、立刻，一秒鐘丟到天不吐，呸。」

佳期問：「阿凌，你提早退休可有告知令尊令堂？」

阿凌答不上。

佳期笑不停。

月圓忽然落淚。

「月圓，你怎麼忽悲忽喜？你倒似孕婦。」

阿凌這樣答：「退休後勢不能穿三萬元一件的大衣了。」

佳期說：「唉，真不捨得。」

「兄弟姐妹大了總會疏離。」

佳期瞪着凌睽，「受人離間。」

申究回來之際客人已經離去。

他孕妻睡在沙發上打呼嚕。

他把圓滾滾的佳期抱到床上。

佳期醒轉，「他們也要走。」

「是。」

「你已知道？我有種感覺，每個人都曉得發生甚麼，只除出我，月圓一改積極奮進，一派人生幾何，對酒當歌，看穿短短數十年不過一場春夢，尋樂及時……喂，我知他們二人愛得欲仙欲死，無心工作，熱鍋上螞蟻般巴不得廿四小時擁抱一起，但，雙雙辭職也未免過態。」

「看穿了。」

「你呢。」

「淩睽富有，我還得養家活兒。」

「近日你越發忙。」

「部門調人手過去宣傳愛斯咸默症新藥。」

「據說試驗效果不怎麼樣。」

「藥費每年五萬美金。」

「意圖老人記憶何事？」

「可能，是子孫的名字。」

「人生甚苦。」

「千萬別向劉月圓看齊，她是淘氣鬼。」

「她似受了甚麼刺激。」

「她說想不到還有人肯娶她。」

「喂。」

「不過，我看淩某風流倜儻，也非善男信女。」

「你是姐夫，不得無禮。」

「賢妻，醫囑你體重暴增，並非好現象，需要嚴重節食，否則引起血壓高、糖尿症……」

佳期把零食收到床下底。

已經胖了三十磅。

母親警告：「胎兒太大，陣痛期長。」

毫無科學根據。

每日食物節約，早餐：兩塊烘麥包薄牛油一杯奶茶；午餐：三片雞肉一杯雞湯一隻水果；晚餐：一碟菜心三安士鮭魚半碗米飯。

佳期配合三天，吃不消。

半夜求申究，只得陪她溜出吃雲吞麵，加一碟炸魚皮及灼腰膶。

申究沒奈何，這是他愛妻，還有，愛子。

佳期受到恩寵。

申先生來探過幾次。

這時，佳期的手臂已吃出酒渦，猶自伸頭看帶來甚麼好吃果子。

「明日好否，我想去探訪明日。」

申太太出示近照。

只見明日還化了妝，一排朋友緊緊擠着坐。

佳期笑，「大學生永遠像旅鼠。」

「這是明日的博士論文。」

唷，佳期有點暈眩，模型看上去像一條村莊，這是甚麼？題目叫「西北油砂礦鎮美化計劃」，嘩，造福地球之舉。

佳期不住點頭。

「她會與長髮往親自督工？」

申太太別轉頭。

申先生說：「長髮名叫永康。」

「開頭，還以為他們為好玩結婚。」

「我們三姐妹都會像母親重視婚姻。」

長輩走後，打開禮物盒子，竟是整合粉彩色麥克隆餅乾。

申究伸手來搶，來不及，佳期手快，塞滿一嘴，又抓兩把，每塊咬一口，有涎沫，沒人要。

她怕申究來追，哈哈笑跑開。

申究怕她跌倒，一額汗，忽然飲泣。

「噫，大丈夫流血不流淚，你怎麼了，好好好，不吃不吃，看，全丢掉。」連嘴巴裏美食都吐出手中，「以後光吃草根樹皮，不再與你鬥氣。」

她把申究擁在懷中，兩人蹲在地上良久，終於，申究情緒平靜下來。

王佳期說得出做得到，真的不再吃甜。

她寫電郵給明日。

「想念那些給你說故事的日子，昨天與學生閒談，說到中外文人對鏡子的嚮往，你記得『魔鏡魔鏡，誰是世上最美』的故事吧。還有，著名的愛麗絲，後來穿過一面鏡子去到更奇異世界。華人當然有鏡花水月一說，因此有本著作叫鏡花緣，似真非真，明明白白又不像假，可憐心事縱枉然，還有石頭記裏那面風月寶鑑，反面是美人，正面是骷髏，相當可怕……啊月圓那巴渣女忽然決定與她良人雙雙退休過神仙生活，不再螻蟻競血，商業社會若人人如此，怕會崩潰，聽語氣你也知我不贊成，但我只想各人快樂。你似乎吝嗇近照，而我，外型上我已不是從前那王佳期，我倒是不怕你驚駭，附上最新遠、近、側、正面照片，自覺可怕，肚皮壯大巨碩，不敢照鏡子，每日坐着淋浴怕滑倒，快快罩上袍子……晚上難以入睡，無論何種姿勢均苦不堪言，忽然發覺半坐半臥倒是可以憩兩三小時……」

明日只回幾個字，「支撐着，不多久他便出世，記住英女皇也喫同樣苦頭。」

戒糖，又睡不好，倒是清減不少。

王太太問女兒：「可是吃苦吃到眼核。」

對牢母親大人，佳期不敢多嘴，「還好。」

「社會居然還是重男輕女。」

「沒有啦，至少我們家男子都優秀，統統愛惜妻子。」

月圓替佳期置各式形狀枕頭，一隻像兩條手臂，有隻圓圈似水泡，以期紓緩她輾轉反側。

「月圓也即將離開，唉，嫁雞隨雞。」

「其實要修行，隨便何處都可以，大隱隱於市，何必遠離我們。」

「她生氣，這些年，親友對她作風諸多評論。」

「當它東西南北耳邊風。」

「她或許想爭口氣。」

「我們愛她不就足夠。」

「佳期，你是打算順產吧？」

佳期深深吸一口氣，「想是這樣想。」

「餵母乳？」

「那是世上少數無可代替的一種東西。」

「你得放長假。」

「六個月。」

「產後飲食更加重要。」

佳期安慰母親：「華裔習俗珍惜產婦，有許多風氣名堂，最突兀是整月不給洗澡，一日好幾餐食補，吃得似滾桶，哈哈哈，這不是說我自己嗎，外國婦女在醫院耽一天就回家啦。」

「她們老得快。」

說到這裏，佳期惆悵，「老嘛，是總歸要老的。」

「不煙不酒，不曝曬不熬夜終歸好些。」

「是，聽母親的話。」

「一進醫院就通知我。」

「是，母親。」

一方面囑咐丈夫，「生下才知會她，不要叫她聽見我大哭大號叫救命，一人做事一人當。」

申究連忙點頭。

至於名字——

「家父說他半個外國人，對中文沒有深究，請申先生代勞，申先生又覺得他母親是文學博士，佳期你自家決定吧。」

佳期想一想，「還是申先生說了算。」

「外公呢。」

「他說叫申明。」

「那多簡潔好聽。」

「請申先生撰一個。」

「就申明好了。」

「太過普通。」

「唉，最大福氣是普通平凡，芸芸眾生中一名，混入群眾，只出些許力發半分光，快快活活，才叫美滿人生。」

這種熟悉理論佳期在何處聽過？對，月圓說得再明白沒有，此乃老莊思想：最大智慧是無為，若果做不到那般渾噩，降低要求，也是上策。

佳期不出聲。

可是，當孩子背不會乘數表，還不是暴跳如雷。

她抿嘴微微笑。

「有甚麼好笑？」

佳期以為淨不許吃糖，原來連笑也不准。

——明日，我不欲報告懷孕過程，怕影響你未來做母親情緒——

我喜歡共享。

那麼，我繼續嚕囌。孩子的名字已定為申明。我看到你設計的礦場新村，十分佩服，民居仍維持從前三層高低，只得辦公室是高樓，公用的聚會運動設施尤其體貼，尤其是公眾浴室、泳池、運動場，還有最重要的——託—兒—所。

佳妹，你會打孩子嗎。

有不捱打的孩子嗎。

我記得家母狠狠打我。

不可能，一次都沒有，我是人證……

月圓決定往地球哪個角落？

他們會背向地圖，丟出一枚飛鏢，射中何處便是何處。

哈哈哈哈哈。

幾時來探訪你？

哈哈哈哈哈。

接着，佳期曾有兩次虛驚，一次，坐着教書，學生忽然面色發青。女學生趨近，「王博士，血，血。」

立刻進醫院，抓住主診醫生說：「不用通知家人，他們會哭鬧。」

醫生檢查過，「不怕，不怕，臥床休息，再也不要走動。」

嗄。

非人生活。申究平靜說：「我多陪你。」

「可否早些排出。」

「胎兒不足月可大可小。」

第二次，腹部奇痛，以為到期，到達醫院，又是虛驚：消化不良。

申究偷偷抹汗。

月圓與申明談話。

「明小友，我是月圓阿姨，即你生母的姐妹。沒有一個孩子，記得母親懷孕的苦楚，你也不會例外。長大後請不要說『我又沒要求生下來』類此之話，否則，阿姨，會叫你好看。且說今日，你快要降世，拜託，爽快一些，數分鐘內，呱呱墜地，切忌拖拖拉拉——」

申究把她拉開。

「還沒說完。」

「知道你意思，你都快上普陀修煉，這裏不干你事。」

「不是為王佳期打氣，早已上山。」

佳期微笑，「找一爿湘妃竹林，兼種曇花，茅舍中只你們二人——」

「曇花，洋人叫魅蘭，它瞬開瞬落，難以捉摸。」

「看，大家說說笑多有趣，真捨不得。」

月圓伏佳期肚上。

申究抗議，「喂，別壓住胎兒。」

「這申某，父憑子貴。」

可怕那日終於來臨。

管家悄悄上門，收拾了一大一小兩袋衣物。

鄭重囑咐：「他們都不知道，你，表小姐，記住，呼吸順其自然。」

佳期額角冒汗，已經開始陣痛。

「不要去記得過程，只享受成果：會是白白胖胖大聲哭嚷一個嬰兒，叫他，他會應，過不久會叫媽媽。」

佳期忙點頭。

申究握住妻子手。

「申醫生，要愛惜妻子。」

申究點頭如搗蒜，別轉頭，不忍卒睹。

主診女醫卻笑說：「快啦快啦，通知長輩們自家中起程吧。」

這時，走廊一個待產婦痛哭叫嚷不已。

照顧她的看護斥責：「這麼吵鬧，嚇壞別人，姑娘我也曾經生產，不致於如此失態，太太你也是知識分子，控制忍耐一下情緒！」

佳期聽在耳內，更加不敢出聲，咬得嘴唇出血。

那個慘叫產婦被推走，不知下場如何。

佳期想到管家所囑，盡量把痛苦推到肉體之外。

可是此時肉身與靈魂合一，她喘息說：「我不生了，我已盡力，我做不到，我要回家。」

醫生說：「這是罕見順利頭胎，已看到頭髮，你兒子一頭好髮，快，再推一下。」

「我已盡力，不能夠了，原諒我。」

「你要合作，否則我要用剪子。」

佳期張嘴大叫，痛哭，「媽媽，快來，我媽媽呢。」

「肩膀出來啦，行，行，拉一下。」

佳期忽然鬆口氣，這時，靈魂終於出竅，劇痛息止，她看到自身躺手術床，緊閉雙眼，一直叫媽媽。

以及——

以及一個四肢掙扎張大嘴哭叫的小小嬰兒。

「媽媽。」

「你母親已經出門。」

「兒子。」

「兒子在這裏。」

申明比想像中略為好看一些，王佳期看他，他忽然也睜開雙目。

王佳期累極鬆手。

「叫他爸進來。」

沒出息的申究哭得比誰都大聲。

醫生喃喃說：「一家順利，一家哭寶。」

不是的，明日，生產不是一般人看到，自地獄兜個圈子回來卻仍然漂亮精神的新媽媽抱住可愛初生兒拍照那樣。

生產過程可怖悽慘掙扎苦楚不足外人道，如參戰軍人，經過殺戮修羅場活着回來，再也不願提起，我也只能說：母子平安。

整家人都來了，連學生都聞訊而至。

擠滿病房，鮮花堆出走廊。

醫生檢查過，「王博士你要休息，不必半夜起床餵母乳。」

佳期一聽，像戰敗一般，作不得聲。

女長輩抱着申明，不願放下。

「輪到我啦，」「再三分鐘」……

月圓賭氣，不去看他。

申先生也抱，「哈，似足申究。」

那麼多人寵愛的孩子，真是福氣。

佳期仍累得說不出話，電影裏病人臨終演說不已全是狗屁。

「申究呢？」

「他頭暈，在鄰房休息。」

「這人，虧他還是醫生。」

「醫生醫別人。」

回到家，佳期一步走回寢室，感覺似回魂，她已命喪產房，回來的不過是肉身。

叫月圓，「拍照給明日看。」

嬰兒小蟲子般扭來扭去哭鬧。

管家用一條毯子把他連手臂裹緊，不讓他活動，給他躺母親懷，聽心跳。

他不久安靜，忽然嚅動小嘴，想吃。

管家把眾人趕出房，「表小姐，餵不餵母乳，看你的了，你尚未服藥，可以試一試。」

佳期忙不迭點頭，唯恐奉獻不足。

管家引導小傢伙芋艿頭。

哎呀，順利啜吸。

感覺之奇突，不是文字可予形容。

正正式式，王佳期成為母親。

像是服食過一種特效忘情藥，她很快忘記所有苦頭。

她溺愛申明。

月圓取笑：「小臥室為何光亮，啊，是小明頭，小明頭是太陽。」

長輩給的禮物堆滿一桌。

外公，送一塊豆篋形翡翠，最漂亮，「襯得小明頭豬肉雪白」，月圓阿姨說，她不喜歡他，「堂堂文學博士，吃那麼多爛苦，」再加一句，「此刻又屎尿屁，不知臭到甚麼時候。」

家裏熱鬧，人客絡繹不絕，直到明頭滿月，但佳期母親還是天天來。

「媽也不怕辛苦，乾脆晚上不回去，睡我們這裏。」

「那不行，我還得照顧老頭，對，月圓下星期起行。」

這時，佳期因不分晝夜照顧嬰兒辛苦，很快瘦落，回復幾分從前清秀，舊衣服也穿得下，她把明頭縛胸前面對熒幕教學。

他開始認得幾個優秀學生，指着維多利亞叫「拖耶」、阿莉愛拉叫「阿耶耶」，可是仍不叫爸爸媽媽。

生活似乎愜意。

送月圓。

「在那個櫃枱？」

「新西蘭航空。」

還未走到，淩睽已經笑着迎上。

「你——」

本來有若干話說，事到臨頭，一字說不出。

漂亮淩睽點着頭，表示甚麼都明白。

果真出發牧羊去。

據說新西蘭空氣潔淨，羊毛特別潔白，受到各國歡迎，價格不便宜。

明頭伸出胖胖雙臂，要摸淩睽面孔，似要認清這個姨丈。

淩睽鍾情無比看着嬰兒，看樣子他倆升格做爸媽的時候也不遠矣。

申究說：「多回家看看。」

月圓走近，輕輕嘆氣：「露水的世，露水的世，雖然明知只是露水的世。」

劉家父母只能逗留一刻，因為那邊長子一家的飛機快要降落。

月圓又說：「鬧哄哄你方唱罷我登場，反認他鄉作故鄉。」

佳期笑：「你瘋瘋癲癲說甚麼。」

「桃花潭水深千尺，不及佳期送我情。」

月圓輕輕摸出一塊巧克力，趁佳期不覺，送入明頭嘴內。

萬試萬靈，明頭初嚐蜜之味，雙眼一睜，認牢月圓姨這個恩人，手舞足蹈表示感激。

「回去吧，莫牽掛。」

有俊男伴陪美女，佳期真不擔心。

申究摟着妻子回家。

「他們在北島置下葡萄園，不愁無聊。」

甚麼。

「新西蘭幾隻葡萄酒價廉物美，你沒聽過？」

佳期微笑。

回到家放下明頭，雙臂發痠，忙貼脫苦海，「整個人像破娃，黏黏補補，不像樣子。」

傭人接過嬰兒清潔餵食睡午覺。

「佳期，我有話說。」

「說呀。」

「你先坐好，喝口茶。」

佳期詫異打趣，「好不緊張，想說甚麼好畫？唐寅的虎，還是徽宗的鷹。」

「佳期，長話短說：申明日舊病復發，難以痊癒。」

佳期聽得一清二楚，胸口劇痛。

忽然嘴唇發麻，作不得聲，接着，眼前發黑，她連忙閉上雙目，卻暈眩看到閃電般亮光。

然後，麻痹自腳底上傳，休克，她將休克。

佳期雙手握住椅子扶手，全身不由自主顫動。

啊，這麼多親人與醫護一起努力，全心全意相幫，還是救不回申明日。

「佳期，你請鎮定，大家都知道你這脾氣，所以全瞞着你，怕你動了胎氣。」

申究遞薑茶給妻子。

不是腳底地毯被抽離，而是整塊地板落空。

佳期深深吸一口氣，她聽見自己說：「我甚麼脾氣，你們不必顧慮。」

「那我比較放心，吃一點炒年糕可好。」

「明日——」

「在醫院，父母與永康都在身邊。」

「多久了？」

「明頭還在肚裏，約五六個月時病發。」

「尚未斷氣。」

「有時清醒有時不。」

「你們拿老照片騙我。」

「佳期，對不起。」

「誰覆我短訊，是月圓可是。」

「不，明日親筆。」

佳期呆呆坐着，啊，怪不得，月圓再也無心戀棧，做得再多，做得再好，也不過是露水之世。

她如醍醐灌頂，揮揮手，月圓放下自在去。

「你們一早知道。」

連大學同學放下電腦建築圖樣時，已說：「明日可惜。」

「壞細胞跑到何處？」

「全身。」

「你是專家——」

「專科醫生表示已盡全力。」

「為甚麼，為甚麼明日非死不可。」

申究握緊妻子雙手。

佳期忽然失禁。

申究抱起妻子回房。

這時，管家趕到，一語不發，幫手收拾。

佳期表面平靜，心神已亂。

她對管家說：「太不公平。」

管家是定海神針，一聲不發，把明頭抱來放佳期懷中。

生老病死，人類宿命。

申先生太太竟為着佳期及胎兒一絲悲傷不露，不，不，不，人人情緒異常，只是佳期這枚冬瓜不察覺不思考不深究。

明頭在這時忽然叫「姆媽，姆媽」。

「媽媽在這裏，」管家說：「媽媽在這裏。」

明頭伸胖手摸母親面孔。

過了三天，佳期才對丈夫說：「去看明日。」

申究搖頭。

「我與申先生談過，醫生表示有一種新藥——」

「明日已經拒絕。」
「我去勸她。」
「她已經吃太多苦頭。」
「誰不吃苦，管家建議明頭要開始學字母及數字。」
「明頭吃固體食物吞嚥欠佳。」
「不用顧左右言他。」
「你丟下明頭？」
「帶着一起走。」
「同一般人想法有出入，幼兒乘長途飛機並非尊貴享受之事。」
佳期目露兇光，「你去，還是不去！」
「去，我去，水火皆去。」
稍後，同妻子說：「申明日不再見人。」
「是甚麼季節了。」
「初冬，剛說要幫明頭買大衣。」

管家說：「我織了幾件小毛衣，千萬別嫌棄。」

佳期淡淡笑，「一下子就大了。」

「王博士，人人皆如此。」

「去訂飛機票。」

「頭等艙不接受哭寶。」

「我們買一排經濟客位。」

管家說：「我跟着去。」

「別讓申先生知道，否則逼我們乘私人飛機。」

苦難中明頭似大許多，自己手握着奶杯，十分乖巧。

候機室眾人與他打招呼。

佳期取出預先寫好字條，派發給附近四周乘客：「小兒如果啼哭吵鬧，請多多包涵原諒。」

大家明白，都點頭稱是。

她準備好巧克力，每人派兩顆。

佳期此時才按着胸口，淚流滿面。

鄰座看到，猜想他們一家三口是奔喪，不便出聲。

申究把幼兒平放，這明頭十分懂事，不吵不鬧靜靜在隆隆引擎聲中憩睡。

佳期睡了又醒，醒了再睡，還沒有抵埗，記憶中加州並非那麼遠，這真是最苦楚航程。

她只喝得下清水。

累得她腳步踉蹌。

明頭醒轉，管家打理他，一家四口最後下飛機。

申先生還是派人來接。

申太太在車上，一手抱過明頭坐膝上，她的眼淚已經哭乾，只是拿玩具逗明頭玩，引他說話。

半晌才抬頭，「多謝你趕來。」

申太太在陽光下面孔乾癟，厚厚粉妝遮不住愁容。

「佳期，先回家洗把臉。」

「去醫院。」

「明頭——」

「一家姓申的人一起。」

這時明頭的小臉與衣服已經髒髒，一隻鞋子大概掉落飛機上，再也尋不回。

管家說：「我抱明頭回家打扮一下。」

「不，一起。」

「他肚餓。」

「吃餅乾。」

申究嘆氣，王佳期博士有時固執如牛。

佳期把明頭縛胸前，吸一口氣，走入醫院。

大門前看到申先生，連忙擁抱，把明頭夾在中央。

申先生說：「佳期到了。」

他把佳期帶入升降機，剛巧有兩個家屬探病，本來愁眉百結，看到活潑小傢伙，不禁露出笑容：「女兒與孩子？」申先生點點頭，他們說：「好福氣，太可愛啦」，伸手摸摸幼兒赤着肥胖小腳，小兒呵呵笑，大人也笑。

申先生與佳期走出升降機，經過走廊，走進一間病房。

只見申究比他們先到，卻坐在一角。

申究見到妻兒迎上，佳期示意丈夫把圍住病床屏風摺起。

屏風內的病人聞聲沙啞說：「說好不見客。」

佳期用十分柔和的聲音答：「來者是申家父、申家子、申家媳，以及申家孫。」

「佳期！」

申家媳笑，申家孫也笑，順手把屏風摺疊拉開，申家子忙着幫手。

佳期有一剎那猶疑，一眼看去，明日臉容枯槁，小兒已懂得認人，不知會否害怕，他若一哭，必煞風景，無法，只得賭一記。

明日驚喜，「小傢伙也來了。」

佳期介紹：「這是明姨，與你名字同一字。」

小申明嘴巴波波作響，算是招呼。

佳期吁氣，端張椅子，坐明日身邊。

明日主動握她手，「我知你為何而來。」

佳期不出聲，把兒子自胸前解下，交給管家。

「這麼大塊頭，帶他辛苦吧，可有牙齒？」

「下顎兩顆小小，出牙癢，會咬人。」

「會走嗎？」

「還差一些。」

「唷，任何小動物一落胎，十分鐘便會走。」

「人類遲鈍。」

「能說話？」

「肚子餓或其他要求會大叫及用手指。」

「唷。」

一邊，管家忙着幫孩子做清潔，抹手擦嘴餵食，幼兒一不高興，把糊狀食物吐出，又得重新整理，手舞足蹈，沒一刻休止，吃餅乾，不讓大人作主，定要自己小手捏着，吵個不已，給他，又拿不牢，掉地上，眼見好吃果子掉了，又哭，豆大眼淚掛腮。

明日又說：「唷。」

接着，餅屑落一身一地，又喝水，噴管家一身，管家不但不惱，還卜卜聲親吻小手。

明日駭笑。

佳期微笑，閒閒說：「都這樣養大呢，每日餵六餐，每日洗六次，百多個親吻，半夜又安撫，這是人類的全盛時代，但是，長大，統共不記得。之後，更加多煩事：注射防疫針，辦上學工夫，教看圖畫書，解釋生命來源，怕縱壞，又怕管教不嚴……接着是補功課，箍牙齒，為他做人際關係，教他人生路上選擇之道。好了，終於長大，同父母一樣高啦，選大學，學駕駛，而且，開始忤逆。」

「唷。」

「其實，於三時中，皆無有樂，是不是。」

明日有點明白，收斂笑容。

「但，撫育他成人，傳宗接代，是生物傳統責任，而且，他終歸是至親骨肉……」

「佳妹，我明白。」

這時，明頭把遞給他的玩具統統摔地下，要媽媽抱。

佳期又把他抱懷中。

這時，他另外一隻鞋也不見了。

佳期說：「這次我來，單為做一件事。」

「佳妹，試驗中新藥效能等於零。」

佳期微笑，「比零高一些，與你同時進行試驗病人，還有一位六歲女孩，她父母已簽署應允。」

「佳妹，用藥痛苦不堪。」

「這次不會，這次藥物大有改進。」

明日苦笑。

佳期朝看護伸手，看護把文件夾子遞上。

佳期把文件放明日面前，「這裏，請簽上大名。」

明日別轉面孔。

佳期提高聲音：「請簽名。」

明日眼神剛硬。

其餘親人緊張，病房內只餘沉重呼吸聲。

「明日，看着我。」

明日不願。

佳期用手指大力敲文件，督、督、督，「這裏！」

明日轉過頭，就在這時，明頭忽然趨向前，學着母親的樣子，伸出手臂，舉起手指，敲響文件，督、督、督，力大有聲。

大夥怔住。

母子四隻亮晶大眼睛瞪住申明日。

申明日漸漸軟化，眼神中冰膜融化。

她手震震，握住筆，顫抖在文件上簽下名字。

看護第一個低呼：「耶！」

飛快搶過文件，出去向醫生報告。

佳期乏力。

她已盡她所能，苦肉計都用上。

明日示意想抱明頭，佳期把他交出。

明日說：「唷，不輕。」

申究過去擁住妻子。

有人蹲近道謝，一看，正是妹夫長髮。

佳期點頭，「你好，大牛。」

「我叫永康。」

佳期拂拂手。

忽然之間，她累得靈魂出竅，在病房的沙發上，蜷縮着睡着。

像當年大考，已經三夜開通宵，終於捱不住，在圖書館長櫈熟睡。

不知睡多久，忽然醒轉，大叫一聲。

「佳期，佳期，我在這裏。」丈夫聲音。

「申明，申明在何處！」

「管家抱回家沐浴餵食睡覺，他渾身臭臭。」

一看病房空空，「明日呢，明日呢？」

「她已轉移另一所病房，明朝用新藥。」

「長者何在？」

「他們要透氣呀。」

「你呢。」

「是，丈夫排最後問，我是老婆奴呀。」

佳期忽然大聲笑，驚動看護，給她一杯熱牛奶。

佳期與申究也終於回住所。

她頭一件事便是看熟睡小兒，經過梳洗，又是雪白粉嫩的安琪兒。

真的，生他幹甚麼呢，月圓早已看穿，但佳期是佳期，沒有孩子，膝下空虛，寂寥得好似自身也從來沒有出生過，對漫長又苦短人生路沒些微揸拿，她又後悔。

走出房間，她結結棍棍淋熱水浴，留前門後，三十年後，申明要與大人不喜歡的女子結婚，她還要大發偉論。

天亮時分，月圓來電。

「一帖藥，佳期，你說服了她。」

「你們一早知道，就是不告訴我。」

「唉，我們欠你一個，大家好嗎。」

「可以存活，但必然減壽。」

「不是我，我已撇清。」

佳期不出聲。

「明頭會叫人沒有，叫我一聲。」

「你再等等吧。」

月圓啪一聲掛線。

第二早，管家來做早餐。

「申先生太太可好？」

「總算喝半碗白粥及半隻生煎饅頭。」

「長髮呢？」

「整客美式午餐，三大杯咖啡。」

「這大牛。」

「他叫永康。」

「申先生可喜歡他。」

「到了這種時候，已沒有喜惡，沒有恩仇。」

說得好。

這次抱明頭到醫院，已不能進病房，只見大統間內的明日與一個五六歲的小病人說話，兩人精神算不錯，同病相憐。

佳期隔着玻璃窗招呼。

明日走近。

佳期讓明頭拉起預備紙條：「早日康復。」

明日點頭，寫幾個字：「昨日故事不好聽。」

「下次再說。」

「你回去吧，學生與家居生活等着你。」

「後天吧，後天回家過庸碌生活。」

「最幸福。」

月圓也如此說。

佳期朝明日搖手。

明頭也跟着手舞足蹈，這小小福將。

申先生送他們一家。

不用講，已換作頭等飛機票。

佳期在丈夫耳邊說：「那長髮小子算是過得去。」

「難得，俗云久病無孝子。」

「倘若那是我呢。」

申究凝視妻子，「我與你是水牛，做到老活到老。」

明頭回到家，睡不着，一直說他明國語言，只有佳期母親才略懂一二。

「甚麼，啊，是，是，飛機上嗡嗡引擎聲才令你熟睡，怎麼辦呢。」

取來風扇，開着，朝牆壁吹，聲音相若，總算睡着。

申究說：「古時有一小王子，睡不着，愛聽雨聲，可是，天不下雨，怎麼辦呢，只得命人在屋頂灑豆，扮作雨聲，那人是誰？」

佳期知道，那人叫扶不起的阿斗，沒敢講明。

佳期緊緊抱着丈夫一隻手臂。

她並非一個好妻子。

丈夫開口，多數反駁，並不侍奉公婆，雖不刻薄，十分冷淡。不做家務，時間用來努力自家工作，與兩名表姐妹無比親厚，為着她倆，六國販駱駝般奔走，不以為苦。總算生下一個申家孫，毫無計劃，苦水連篇，過一日算一日，並不打算送入名校，或是練甚麼樂器，登樣些衣物用品多數由月圓送來。她又不大理會是非黑白，總之抱懷中不放——

申究輕輕說：「我都明白。」

像是知道她在想甚麼。

兩個人或許真對上了。

柴米夫妻，恐怕可以白頭到老。

「多謝你包涵，申究。」

他說：「太客氣。」

多妥當，不用開口，甚麼都知道。

以後他們的日子就如此過，日復一日，年復一年。唷，中秋吃月餅，端午吃粽子，元宵吃湯圓。還有，插了梅花好過年，偶然也吟：花千樹、星如雨……還有，呼兒將出換美酒，與爾共消萬古愁。還有，申孫快高長大，成為芸芸眾生一分子。

很快，像月圓殘忍恐怖地形容，卡嚓一聲。

不過，今日還有事要做。

明日來電，「還欠我一個故事。」

「新藥用後如何？」

「不説那些，故事故事。」

「我以為我已被攆走。」

「講完最後一個故事。」

「我擁有無窮一千零一夜樹哈拉薩般故事。」

「至好不過。」

「開啟視像，我把今天故事説出。」

視像顯示，明日在家裏。

「你願意把近況告訴我嗎？」

「生下明頭之後，你變得多事。」

「是你主動與我接觸。」

「聽故事。」

「這個故事也許有點悲傷。」

「沒人要聽愉快故事，所以莎氏四大悲劇受歌頌至今。」

「父母好嗎？」

「結伴散步。」

「長髮呢？」

「陪他們，父親膝頭不大靈活——問夠無。」

「故事開始：某間中學，舉行高中畢業禮，禮堂張燈結彩，十分熱鬧喜慶。一個少女學生走入看到，高興起來，躍高，伸手觸摸彩帶。她的活潑歡顏，全看在一個男生眼中，叫他微笑，印象深刻。啊，畢業了，各歸各，漸漸失聯，多年之後，男生在報上讀到一段新聞。

「——女子墮樓殞命，死因無可疑。

「姓名、照片，都告訴男生，死者正是那個跳高撫摸顏色緞帶的女生。」

他黯然，不禁落淚。啊，她沒有把心中那一絲快樂支撐到底，她放棄掙扎，她不再願意克服困難。」

明日用手支撐下巴，「唷。」

「月圓最近老說：一百年後，沒有分別，有的，明日，有的，人類的勇氣，是我們衍生繁殖至大本能。」

「比心靈雞湯還要實用，不管機會率多少，我必握緊拳頭，永不言棄，死纏爛打，直至皮開肉綻，呼出最後一口氣。」

「不錯。」

「尊嚴呢。」

「同生過孩子的婦女談甚麼尊嚴。」

「明頭呢，讓我看看明頭。」

保母笑嘻嘻把孩子抱近，他正熟睡，只看見毛毛後頸。

「真想他在身旁。」

「兒要親生。」

明日不搭腔，只是微笑。

「我還有事，家母召我。」

「佳期，你好人有好報。」

佳期當然把孩子帶身邊，讓他在娘家地上到處爬。

「明頭要是能長住我們家就好。」

佳期笑，「申太太也那麼說。」

「明日——」

「且不談明日，今天甚麼事。」

「月圓的兄嫂回來長住。」

「真不是時候，房產那麼貴。」

「暫時還是屈居月圓小公寓，實在吃不了苦，要父母搬出交換地方。」

佳期光火，「這對夫妻有完沒完，千方百計，百折不撓，定要謀父母產業。」

「確是不夠住。」

「全城的人都不夠住，自家想辦法。」

「這就是他們的辦法。」

「月圓怎麼說。」

「只一句話：祖屋萬萬不可讓出。」

「母親，那是劉家的事，我家姓王。」

「你說煩不煩。」

「你要煩，有得煩，你不煩，就不煩。」

「人家會說我們沒心肝不講親情。」

「沒問題。」

話還沒說完，月圓的兄嫂上門。

完全沒有預約。

「佳期，你幫着應付。」

王太太索性這樣說：「你們慢慢談，我去買些水果。」

佳期惱，「我也要出街買些豬肉。」

被月圓兄嫂拉住。

佳期也不似從前那麼客氣，「你倆找錯人家，我不是劉月圓。」

剛好明頭爬出，佳期一把抱住兒子。

劉嫂酸溜溜地說：「一樣是孩子，命是大不同，世事欠公允，像你那名，還沒出世，祖父已送上大宅，聽說客廳可以踩腳踏車。」

「劉哥，劉嫂，我作不了主，你們請回吧。」

「那我們是走投無路啦。」

佳期無奈，「知足常樂。」

「你聽聽這話，我們走，她就快要說命中有時終需有。」

劉嫂嘭嘭聲扔雜物。

佳期問劉昇：「你也不說說她。」

「說甚麼？爸媽所有遲早留給我倆，不然給誰，月圓私囊腫脹，她不稀罕，為甚麼不早些拿出來。我兩個孩子均姓劉，嫡親，晚晚睡豆腐乾似鬼地方，他們兩老見死不救，倒是他們有理？」

劉嫂大喊：「還不走？」

兩夫妻走沒多久，佳期母親回轉，原來她真的去買水果。

「咦，人呢？」

「走了，大概去找記者開公審大會，向本城市民痛斥我們三家無情無義。」

「佳期。」

「我也有事，告辭，下次，這種事別叫我，我並非一個閒人。」

「佳期。」

「我小時候愚蠢，專管閒事，現在已為人母，非得保護自身。」

她找外套，可是沙發上擱着的只有一件舊衣，並不是她的外套。

佳期一怔。

「我燉冰糖梨子給你下氣。」

電光石火間她明白過來，外衣已被劉嫂穿走，她不止一次如此不問自取，向劉昇投訴，他氣定神閒：「你有那麼多。」

當下佳期不出聲，抱起明頭，走到玄關，噫，連鞋子也不見，被人順腳牽羊。

如此品格，劉昇視而不見，真是德配。

這時王太太也明白了，輕輕說：「別告訴月圓，免她生氣。」

佳期拍拍母親肩膀，與明頭離去。

這孩子，屋裏吵鬧，他也不怕，反而像看熱鬧呵呵笑。

申究開車來接。

他問：「我看到劉哥劉嫂在街角等計程車，可要送他們一程。」

「不用，我們回家，不管閒事。」

申究不出聲。

他當然明白是怎麼一回事。

世人很少為情失義，別誤會，那種殺前女友幾刀的莽漢不過為着意氣，像劉氏夫婦那樣，不過是為着錢財。

申究不禁抓抓頭皮。

佳期問：「依你說，怎麼辦。」

「不好說。」

「給他們是不是。」

申究答：「給了沒事。」

「你不瞭解人心。」

申究說：「不談別人的事。」

「給甚麼，給多少，多久給一次？兄弟，這叫勒榨，一世給不完算不清。」

申究賠笑：「是是是。」他還能說甚麼。

「奇是奇在每家總有一個兩個如此親戚。」

申究暗笑自己畏妻如虎，唉，當年獨身，也曾是不少女子心中偶像，今日淪落至此。

「張教授金婚慶祝，去不去？」

「不去！」

「教授太太想見明頭。」

「自家生！」

最毒恨前半生沒積蓄，後半生沒收入的人。使盡惡計裝作可憐孤兒，威脅勒榨老人棺材本。

劉家兄與嫂還有一計，找到申究，糾纏不已。

「大家是近親。」

申究請他倆坐下，好言相勸：「別逼得老人太緊，別把話說盡，以後沒轉彎餘地，這種事，慢慢講，既然你認為遲早都是你的，不必急在一時。」

「我現在有燃眉之急，等着用。」

「你有何計劃。」

「祖屋到手，押出一半，還清債項，再做些小生意。」

「父母住何處。」

「月圓多富貴，月圓自有處置。」

「你那小生意一定有把握。」

「咄，都小覷我，失敗乃成功之母，沒有嘗試，哪來機會，申哥，幫幫忙，你姓申，申家是財閥。」

申究縱然是專業人士，科研界赫赫有名，碰到這樣一個人，也有理說不清。

「申哥，有甚麼難？你大筆一揮，寫張百萬支票，我立刻走，以後不再煩你。」

申究啼笑皆非，「我家沒有百萬現款，我也從來沒見過百萬現款。」

「你去軋頭寸，一定比我方便。」

「我去借來再借給你，我做負債人。」

「正是。」

申究這才明白他人不理這種人的原因。

「說到頭，你們沒有人肯出手幫親人，人人袖手旁觀，見死不救。」

「你先回家，讓老人下下氣，想仔細，才思量該怎麼辦。」

「我已養不起孩子，丟在祖父母家門口，他們若不理，大可報警。」

申究是斯文人，氣結。

「幫我聯絡月圓，嗟，她躲得好，甚麼地方去了，家裏的事都不理。」

申究投降，「對不起，我還有事，先走一步。」

「喂你！」

他來拉扯申究。

申究也動氣，他與這人不過是姻親，一點關係也無，他拂開他手，「你想怎麼樣？」

「你身邊鈔票全借我應急。」

這一點申究做得到。

他取出錢包，把裏頭所有現鈔抖出桌上。

劉昇毫不介懷，統統收好，「多謝。」

他拂袖而去。

不，不是申究，是劉昇，他覺得遇人不淑，委屈受辱，虎落平陽，龍擱淺水，這些人舉手之勞，就是要看他出醜，天無眼，勢利之徒，一定會遭報應。

佳期緩緩走出，「對不起。」

「沒事。」

「難怪月圓躲那麼遠。」

這是月圓的烙印。

一日，佳期放學回家，看到父母在場，與申究一起大聲吶喊，拍手歡呼。

佳期一怔，「甚麼事？」

「明頭，明頭他站起來啦，明頭會站啦！」

甚麼大事。

佳期好氣又好笑，看向坐在地上笑嘻嘻的小兒。

果然，「姆媽，」他叫，然後，使用雙臂力撐起身子，顫巍巍站立，外婆怕他跌倒，伸手扶，被他父親輕輕阻住，果然，他獨立啦，站得好好。

眾長者轟然叫好。

啊，人貴自立。

那小明頭貪心，還想開步走，終究要父親扶着，跨進一步，兩步，三步——人要自己爭氣。

申究舉起小兒，笑得聲震屋瓦。

可憐父母心。

反而是佳期最鎮定。

「慶祝，慶祝！」

有日明頭大學畢業，恐怕要放煙花公告天下。

明頭快活地坐下吃糕點。

申究把盛況傳給他父母欣賞。

在地球的另一邊，明頭的祖父母嚷：「快給明頭開辦助學金戶口。」

老人家不知道這叫做壓力。

佳期輕輕說：「月圓兄嫂回去了。」

「……」

「他父母連門都不敢開。」

「……」

「釜底抽薪，打算把房子賣掉，沒得爭。」

「這年頭，賣掉的東西，再也買不回來。」

「他們打算跟月圓。」

「不行，第一，月圓不是好相處的女兒，第二，月圓已決定浪跡天涯，她也苦足半生，精力全用來打天下，此刻，不方便增加她壓力。」

「情況不一樣了。」

？

「月圓沒告訴你？」

糟，他們夫妻分開？

「佳期，月圓懷孕。」

嘩哈！佳期想站起，腳底一滑，摔倒在地。

眾人忙扶起，申究抱怨，「越來越冒失，可有扭到。」

這——佳期不知如何回應。

痛恨幼兒的月圓，勘破世情，只覺人生除出吃苦並無好事的月圓……幾乎帶髮修行的月圓，真有她的，忽然重返紅塵，養兒育女。

佳期發呆。

喲，不行，萬一月圓生下一男半女，申明頭受寵程度，必然下降，再也不能一枝獨秀，明頭要有弟/妹啦。

佳期思維悲觀。

申究也喲一聲，「月圓每每出人意表。」

「是男是女。」

「尚未知曉。」

佳期說：「我去看她。」

不料申究立刻臉色鄭重阻止：「不可一而再再而三揹着明頭跑天下，你要為他考學前班做準備，他到現在還不會說句子。」

嗄。

申究忽然振起夫綱，「說好不再管別家的事。」

佳期沉默。

「她父母會到新西蘭照顧月圓。」

「她接受否？」

「正考慮。」

「我同月圓說話。」

「佳期，你這大姐，不要過份關切。」

「月圓會哭泣。」

「你若是關心胎教，可以再生一名。」

佳期不再出聲。

長輩走了之後，申究輕輕說：「亦是男胎。」

最後知道的，又是王佳期。

「這月圓，差點渡得佳期出家，最後改變主意。」

申究說：「他們兩夫妻相貌如此出眾，子女會得到至佳遺傳。」

佳期暴喝一聲：「你，你最醜，明頭也醜，醜到我無立足之地。」

申究不介意，呵呵笑。

太漂亮有害處。

一次，英國一班美術學生突然發覺客串模特兒竟是大衛甘地，跌腳，吁氣，「太英俊了，五官及每一吋肌膚都叫人發挖不盡，還怎麼畫？」

除出當眼睛冰淇淋，沒有其他可能。

還有，太聰敏，也不全是優點。

想太遠了……

王佳期還得專注照顧又醜又蠢的申究與申明。

事實並非如此。

明頭很快學會說短句：「爺爺好，嫲嫲好」、「明頭快上學」、「姆媽會打我」等。

一向從不解釋、永不抱怨的王佳期忍不住說：「不，我從來不打明頭，他造謠。」

一邊啪啪大力打手心。

明頭大哭。

佳期忠告：「生養之後，人會變蠢，接着是無聊、粗魯，還有，善忘、心粗，再也做不出未婚未生時的細膩工夫，嗚呼噫唏，看不開也得看開。」

這些，月圓想必清楚，佳期懷孕生子，她就在身邊，當然知道苦處。

她把忠告傳給凌睽，好讓他得到一手資料，免得他賢妻傷口未縫合他就與老友喝啤酒慶祝：「哈哈哈，我已為人父。」

是，佳期忍不住誨人不倦。

她與凌先生成為筆友。

「月圓想吃荔枝泡香檳。」

「不要理她。」

「這——」

「把奇異果挖球狀放檸檬汽水內，她不會吃得出。」

「果然，叩頭。」

「想吃蟹肉煎餅。」

「有種假蟹肉，真的一樣，不怕敏感。」

「叩謝。」

那淩先生叩頭如搗蒜，可憐。

但聽他口角，新西蘭的確是育兒好地方。

「哭整夜，說人生無意義。」

「根本就是。」

「喂，給些鼓勵。」

「沒想到淩君你的中文也這樣好。」

「佳期。」

「告訴她，懷孕哭得多，將來雙眼不靈光。」

「可有科學根據。」

「這種時勢，還談科學？」

身邊申究揉着眼問：「半夜三更，與誰通訊？」

「男朋友。」

啊，有男朋友的時候，佳期忘不了那好時光，電腦動畫組的男友特地為她設計一個阿凡達，是一隻小小的貓，名叫伊茲咪，通訊時專用。

那樣好時光也會過去。

那時長輩老疑惑地問她們：「一直笑，甚麼那麼好笑？」少女也說不上來，仍然笑。

此刻佳期也想問她們：笑甚麼呢，世上還有何可笑。

日有所思，夜有所夢。

夢中的她已經極累，還被友人拉着一起逛街遊時裝店。

佳期努力應酬，並不投入。

她們走進一家日本名牌店。

友人介紹：「極貴，顏色又素，穿上也沒人注意，動輒三百多美元一件白襯衫，不知賣給誰。」

「哎呀，那邊是著名得獎建築師申明日，她也穿這個牌子。」

申明日？

佳期連忙轉頭看。

果然是明日，靜靜站一角，容貌秀麗，正在挑白襯衫。

明日！

佳期心頭一熱，連忙走近，「明日，你大好了，怎麼在本市出現，為何不與我聯絡。」

明日頭也不抬，淡淡「嗯」一聲。

「明日，我好生掛念你，又不便太過慇懃，今日相約不如偶遇，明日，我們去喝杯茶。」

明日像是相當勉強。

「明日，是我，佳期，你我還有甚麼話不能說的？」

這時的明日膚色賽霜雪，大眼櫻唇，端的已恢復舊時容貌，但為甚麼不打招呼不叫一聲妹妹，為何仍然垂頭。

佳期心急，伸手拉她，「明日，明日，你現在住甚麼地方？」

就在這個時候，她忽然驚醒。

一看，丈夫與小兒都在身邊。

她比沒睡之前還累，又覺口渴，起床，走到廚房找水喝。

啊，想念明日了，明晨非老着臉皮找到她說幾句。

還忌諱甚麼。

一口冰水自喉嚨涼下胃。

她一怔，電光石火間，她明白了。

這時，她一背脊都是冷汗，雙手顫抖。

你還不明白？申明日，申明日已經不在人世間，你還問她住在何處，叫她如何回答？

佳期摔下水杯，踉蹌走出客廳，渾身瑟瑟發抖，掩臉痛哭，明日，明日，你託夢向我道別？明日，她大聲哭泣。

明日，帶我一起走。

世上苦難不盡，我也受夠。

身子不聽使喚，精魂像飄然出軀殼，輕輕浮起，飄向天花板一角。

就在這個時候，有人輕輕撫摸她膝頭。

誰，明日，是你叫我？

「姆媽，」輕輕叫她，「姆媽，莫哭。」

啊，是明頭。

佳期勉力睜眼，不錯是明頭，大眼閃閃生光，黑暗中看牢媽媽，胖手撫摸母親雙頰，「姆媽。」

「明頭！」

母子擁抱一起。

一大一小搖晃身子，不久，明頭再次睡着，啊，是小兒救回王佳期。

她把明頭抱回床上，一看丈夫，這人懵然不覺，睡得似死豬，佳期不禁苦笑，不必吵醒他，她不過是妻子，沒有權喚起累了整天只得一覺好睡的夫君。

但她自身，卻再也難以入睡。

她算了算時間，加州是清晨。

忍不住接通電話號碼。

「申宅，請問找誰？」

「管家！」

「表小姐！」

彼此都又驚又喜。

「表小姐，好久沒聽到你聲音。」

「申明日呢。」

「申先生與太太陪明日在歐洲看日內瓦湖。」

「甚麼？」

「他們有意見，申先生堅持世上最美日內瓦湖，明日與長髮說不，親自領隊出發證實，下一站是英國溫德米爾。」

「錯，」佳期溫柔答：「是洞庭湖。」

「表小姐，明日心情很好。」

「那長髮仍在她身邊？」

「是。」

「為甚麼不與我們聯絡。」

「沒有呀，前幾日才與申醫生講許久。」

嘿！

「表小姐，我有一請求，懇求把明頭抱近我一看。」

「那你等一下。」

佳期走進睡房，把明頭抱出，對牢視像。

「嘩，這麼大了，小大塊頭足足一歲模樣。」

佳期把兒子胖頭轉向鏡頭。

明頭正輕輕打呼嚕。

「喲，同申醫生一模一樣。」

都這麼講。

「明日，她有進展？」

「尚未有正面消息。」

「這醫藥真落後。」

「也不能那樣說，我年輕時，肺病都醫不好。」

佳期無語。

管家說：「申太太不讓我們老說病情。」

「是，是，改天再說。」

「表小姐，你也別太辛苦，留前門後。」

「明白。」

佳期鬆口氣，軟倒在地。

她護着明頭，上床再睡。

是個星期日呢，想着都開心。

日內瓦湖……

再醒，已是中午。

申究在廚房做克戟，香聞十里，他與兒子都只穿內衣褲。

「姆媽。」

佳期抱起兒子，「幼兒也有尊嚴，記得穿多一件衣服。」

兩人都已沖過身，一陣肥皂香。

申究訕訕說：「他們一家到瑞士觀光去。」

佳期大聲開抽屜關抽屜，「不關我事。」

「都怕你嘮叨。」

害她做噩夢。

明頭不怕。

只有明頭真正愛媽媽。

這一刻，也許只一刻，媽媽是明頭小心目中最主要人物。

下午，佳期教兒子讀「君不見黃河之水天上來——」

申究說：「還是背床前明月光吧。」

「不行，聽說考學前班孩子統統已會背那個。」

「嘩哈。」

「你呢，在校研究何種細胞。」

「……」

「可是越來越怪？」

「你不會喜歡。」

「可是把馬嘴鑲到牛頭上。」

「那是去年，今年生物科研究把雌雄老鼠接到一體，故此，雌雄皆可懷孕生子。」

佳期有種食不下嚥感覺，「為甚麼？」

「有津貼呀。」

「同你有關係？」

「所有細胞我都有興趣。」

「我們申明頭這團細胞，將來攻何種學科。」

「先教會黃河之水天上來吧。」

月圓會說，還有一句拉丁文，叫「記住死亡」。

很難講，月圓本身也已改變想法。

申究說：「少不了教英語文法，還有乘數表，現在即使讀純美術，數學也得及格。」

那一日，活該有事。

結婚兩週年，本來，不過是普通的又一天，佳期從來不計較這些，但在辦館買水果，聽見兩位中年婦女抱怨，她不禁留了神。

婦甲：「我那女婿，每年連農曆年在哪一日都不清楚，反正茶來伸手，飯來開口，似到我家做上門女婿，諸長輩生辰統不在心上，妻子生日，連花沒一束。」

婦乙：「也許……事忙。」

「女兒氣得練書法靜心養氣。」

「誰家書法。」

「臨徽宗瘦金體。」

「那多高雅。」

婦甲又說許多女婿不是：總之，人俗、多惡習、沒禮貌、欠記性……

人也醜，身邊居然還有亮眼瞎女！

這好像在説所有已婚男子。

不，不，申醫生原本不是這樣的，她王佳期初見申究醫生，他一身書卷氣，沉默寡言，説話字字可靠，連管家都喜歡他。

此刻的粗心、不經意、草率……那是因為太累的緣故，多久沒放假了？

心血來潮，她開了小車子往大學。

公眾地方，不算突擊檢查。

啊，王佳期，你怎麼做起這等事來。

但是，小車子嘟嘟還是駛上大學區。

佳期走到接待區，放下帶着的一盒果子，「大家分着吃。」

接待員笑説：「申太太就是客氣，申醫生在十二號演講廳。」

這科學院像迷宮，非得兜幾十個圈子才找得到。

推開演講廳門，剛下課，學生猶未散盡，一眼看着申醫生站在演講台後向一個學生講解問題。

那學生！

妙齡女生，穿小上衣、超短褲，整個上身伏在演講桌子，肩膀、腰身、臀圍，輕輕往左擺，完了又向右搖，一邊拂動長髮咕咕笑。

佳期再看丈夫。

申究眼睛濺出亮光，即使在佳期全盛時期，也未曾見過他如此歡欣神情。

接着，申究做了一個動作，他把少女披頰長髮輕輕撥到她耳後。

佳期止步。

這是用到她多年蓄意培養的學養與修養的時候了。

她握緊雙拳，回頭，走到座位，見有兩個不算太熟的熟人坐在第一排，她輕輕走入第三行，坐好。

那兩個人沒注意她，壓低聲音，還是叫王佳期聽到。

熟人甲：「看到沒有，申大夫與那個山滿花。」

「已經那樣公開。」

「這不是挑戰校規嗎，阿申爬到今日不容易，有妻有子，至於漂亮女生，一年比一年大膽，一年比一年性感，還怕沒有？阿申不知打甚麼算盤，他家有賢妻啊。」

熟人乙：「他有他想法。」

甲：「多麼可惜。」

這時，申大夫與那山滿花，一齊走出演講廳。

王佳期也站起，這時甲與乙都看到王佳期，僵住，佳期只當他們不存在，輕輕走過。

像身邊所有的事一樣，她最後知道。

也許不是。

她把小車子嘟嘟駛往娘家。

可能她也許一早覺察，蛛絲馬跡，兩人在一起那麼久，總有第六感。

但她不想承認、深究。

她覺得知識分子本能，一定可以控制良知，不致於失控。

像申究最近添多一輛高性能小跑車，「我們去兜風！」他說。

又改穿擦得烏亮的牛津鞋配黑襪子。

對家人只得「是是是」，甚麼都沒有異見。

不止一次說，佳期的娘家擾了她心神。

一顆心全留給明頭。

通常，男子要如此抱怨十年八載才有異行，但申究行動特快，才三年多一點。

走進娘家，母女對視。

佳期失笑，娘親的表情告訴她，老人已完全知道發生了甚麼事。

「終於知道了。」

佳期點頭。

「打算怎麼辦。」

佳期攤攤手。

「我知你脾氣，只得一條路。」

佳期用手揉臉。

「沒有挽回的機會？」

佳期搖頭。

「佳期，你太大意，全心全力放在孩子身上，有異婚前，丈夫只當是影子，你彷彿看也不看他。」

當然都是黃臉婆不是。

「整日臉色灰暗，衣冠不整，孩子發半度燒，便像瘋婆子似到腦科找人，有説錯嗎。」

佳期只是賠笑。

「你找殷律師辦事吧，眾姐妹有甚麼事，都由她代辦，可靠誠信。」

「女兒，無論怎樣，娘家大門總為你開着。」

有這句話，甚麼都足夠。

老媽吁一口氣：「這次，又要脱一層皮，任憑是齊天大聖，也沒有那麼多層皮肉。」

佳期告辭。

佳期直接往殷律師辦公室。

殷律師是老手，一年不知辦多少這種案件。

先支代理費十萬元，然後逐次扣除，接着，仔細聆聽王佳期的情況。

「嗯」、「嗯」、「嗯」，她只如此作答。

她立刻叫助手查辦幾件事。

然後，對王佳期說：「既然決定啟動法律程序，切莫拖拉，記住，有兩件事不可交出：一，兒子，二，大屋。」

「屋子不屬我名下，由申家所贈——」

這時助手已經進來，在殷律師耳邊說幾句。

殷律師也略為訝異，她輕輕說：「屋子的確不在你名下，屋子主人是申明，即是你兒子，待他廿五歲之際，由他承繼，此刻，由生母他監護人管理，可以出租，不得出售，回去，第一件事把門鎖全部換過。」

佳期發獃。

「至於孩子，官司打到申大夫掉了屁股，也要贏得撫養權，你放心。」

就那麼簡單。

「真是不幸中大幸。」

「他可有探訪權？」

「每星期三下午放學後，一次，必需有第三者可靠人士在場，十五歲送往英倫寄宿學習獨立，不，不算小了，有些孩子十一、二歲便出國。」

這——

「聽說王博士你用自由法育兒，這不可行，自小學開始，逢是乙級成績科目，全需補習至甲級，不可鬆懈，否則後悔一世。」

甚麼。

「不是每個孩子都要嚴厲督促？王博士，你我那一代已完全過時，相信我，此刻的中小學功課，不是任何學生獨力可以勝任，我會替你物色有能力大哥哥大姐姐補習。」

「還有，孩子的中學以及大學無限止學費及生活費申氏已有準備，每年在我處支付。」

「我自己——」

「不要逞強，那是一筆巨款，讀到博士的話，天文數字，學費與生活指數不停上升，全世界採取精英制，王博士，你對今日現實世界需多些認知，從此以後，需獨立抗戰，如有困難，來我處商議，否則，自身吸口氣熬過，孤兒寡婦日子不好過。」

「孩子還有父親——」

「你想都不用想，這個學期之後，相信申大夫不會再獲續約，人窮志短，你要有心理準備他會變成甚麼模樣。」

「……」

「咎由自取，與人無尤，王女士還是多關心自身與孩子的好。」

佳期怔住。

「可需要現款？」

「我身邊還有，謝謝。」

「我會盡快替你把分居及離婚協議寄出。」

佳期告辭。

那晚深夜，申大夫用鎖匙開門不入，嘭嘭敲門，「佳期，你可是有甚麼誤會，開門再說。」

足足喊了十五分鐘。

終於，鄰居忍不住，開門訓斥：「申醫生，你做過甚麼你自己知道，再吵鬧，報警！」

啊，連鄰居都知道，大約，那山滿花還到過申宅。

他丟下一句：「房子屬申氏所有。」

說得不錯。

這時，申明惺忪出來，「姆媽。」

「沒事沒事，快去睡。」

一定有很多人說，唉，嫁申究醫生都要離婚，那，是因為閣下不是申醫生的妻子。

不到一個月，申醫生不獲續約，山滿花小姐被校方開除。

只有王博士，沉着臉，照樣辦公。

上司怪心痛，只是不露出聲色。

「佳期，派你往星洲大學任客席一年。」

「謝謝，不用。」

「你自己保重。」

「明白，多謝關懷。」

再過一陣子，山滿花被家長丟到澳洲達爾文大學，她也沒反對。

而申醫生，只得往次一等學校任教，情況自然大不如前。

再也沒有更爽脆磊落的分手。

殷律師答：「我辦老了的事。」

助手說：「真可惜。」

「當事人不覺得，他求仁得仁。」

「現時可有反悔？」

「不是我們的事，我們不管終身誤。」

「他在想甚麼，王博士會不予計較？王博士會學詩人史維亞柏勒那樣自殺明志？」

「我只管保護婦孺。」

「他有甚麼不滿王女士？」

還有誰關心。

月圓知道這件事，一直頓足。

「當心胎氣。」

「不知幾時輪到我。」

「是福不是禍，是禍躲不過。」

「我與淩如果分手，你幫我帶孩子。」

「咄，他姓淩，我姓王，干我何事。」

「喂，我是你姐妹。」

「姨表，你姓劉，我姓王。」

「人情冷暖。」

「一起到英國寄宿吧。」

「也只得這條路，學妥詠春才走。」

「我還得找游泳教練呢。」

「聽說扔進泳池自己會游。」

「你扔你的，我教我的。」

「知道你婚姻不得善終，我極度傷心。」

佳期黯然，她是當事人，腰間如中毒箭，箭簇帶刺，無論如何拔不出手，看着血就快流乾。

接着，申醫往美國找工作。

明頭問：「爸爸在甚麼地方。」

佳期想回答：極樂世界——一個值得犧牲妻與子之處，當然是極樂世界。

「爸出差，暫時不回來。」

「嗚。」

豈有十全十美烏托邦，過了廿一歲，再覺不如意，可以怪社會。以為情願就可以枯燥平凡過日子，但是不，這一年驚濤駭浪。最不開心的當然是娘家。

——「才說我們佳期既不如月圓美貌，又不似明日明敏，總算有家庭有健康，誰知。」

「誰都會走眼，明明是好青年。」

話只能說一半。

「她面子上不怎樣。」

「老了十年。」

「她想探訪月圓。」

「不准去，申醫就是嫌她婚後不忘娘家，一天到晚為姐妹動腦筋，抱着兒子全世界亂跑，指手畫腳裝手勢出主意，叫姐妹無所適從，佳期本來出名嫻靜，產後性情大變，實在無益，她此刻道路艱辛遙遠，三十多歲寡母婆帶一個孩子，唉，需要收斂。」

孩子不能放縱，亦不可約束，動輒會被人說欠缺管教，王佳期擔子沉重。

「不如接到我家撫養，我愛煞明頭。」

「不行，他是申家孫，申家寶。」

過幾日，申先生差助手送禮到王家致歉，還有一封親筆工整毛筆楷書信函，講明申家願對申究失德負上全責，並且照顧王佳期母子全部生活費用，當然，不忘記一注希望時時可見到申明這個孩子。

王先生說，「其實申究不是他兒子，但老式人做事到底周到，值得學習。」

「有能力有擔當，是個漢子。」

「算是佳期不幸中大幸。」

「信，要給佳期過目嗎。」

「不用，佳期仍是個明白人。」

「沒想到申先生一手字寫得那麼好。」

殷律師為明頭找到游泳教練，結結棍棍，正式教游四式，十五六歲大哥哥教導，標準姿勢，一點不錯，叫累也不讓停，多游一個塘。

不久明頭驕傲，「別的媽媽都稱讚我全池游得最好。」

大哥哥輕聲斥責：「游得好過我，也還不算好。」

明頭抱怨大哥哥兇。

又補習文藝，少女姐姐教他看西洋畫，畫冊堆滿一屋，看完還要畫，並不教，「藝術無從教導，各憑天份，若全無領會，學習文明。」

明頭常繪出紅色天空、黃色海洋、魚比船大，人像螞蟻。

又開始彈琴。

申家把明日從小用過一套可愛不同尺寸小提琴贈送明頭。

開始與母親一起操練閃爍閃爍小星星。

兩人都彈得似殺雞，那隻雞一時又死不去，十分悲壯。

明頭氣餒，放下琴問：「爸爸為甚麼還不回來？」他要找人訴苦。

因是獨子，殷師鼓勵他到唱遊班學習與同齡孩子相處。

這是明頭最大弱點。

一到班房便被同學欺侮站到牆角，還笑嘻嘻，完全不爭，被同學推倒，拍拍身子站起，若無其事。

殷律師說：「明頭，你要保護自己。」

「那只是個女孩子。」

「唏。」

老師倒是喜歡他。

漸漸也習慣。

月圓產期到，並不聲張，靜靜生下八磅小胖子，家裏不設嬰兒床，放網線兜搖來搖去。

賣相奇佳，個多月抱出街，立刻有嬰探上前！

「我們是莊生公司／峽童裝設計／華夏旅行社……徵用嬰兒模特——」

月圓一口拒絕。

明頭問：「幾時看得到弟弟？」

「等弟弟大一點。」

「幾時看得到爸爸？」

王太太說：「月圓也有後代了。」

「劉太太似不甚關切。」

「她已有兩個孫子。」

「劉太太終於接他倆回本市讀書。」

「乖不乖？」

「出奇聽話，自動做功課，生字寫十次，熟字寫三次，完全自發自覺，測驗名列前茅，模範生，劉太太否極泰來。」

「奇蹟。」

「上天公道，取去一些，也還給一些。」

「佳期時時送去教學用具圖書衣物。」

「她又來了，人家不一定感激。」

「佳期說她不圖回報。」

「又來了。」

「兩家孩子也時時一起玩，他們比明頭大，教他籃球。」

「真想不到。」

「申醫生可有消息。」

「聽說在馬來亞一間細菌實驗所工作，他再婚。」

「啊。」

「女方家境上佳，做涼果生意，喏，加應子陳皮梅之類，很尊敬讀書人，後妻也已懷孕。」

「都希望他好。」

「不久，相信明頭會去探訪。」

「咱們佳期呢，可有人約會。」

「佳期可有人。」

「你別管她。」

「我與女兒已跡近陌路，你還嚕嗦。」

佳期有時也應邀吃頓飯看場表演。

她又恢復從前嫻靜閨秀模樣，少説話，努力工作，人緣非常非常好。

王太太告訴女兒：「月圓懷第二胎！」

她與淩睽，雙手緊握，咬牙切齒説：「這一胎，必是女兒！」

明頭看完錄像，十分驚駭，「這麼會生。」

大人被他逗得笑彎腰。

忽然擔心，「姆媽，你不會再生了吧。」

「不會，媽媽再也不生。」

看樣子，很快要找人指導性教育。

可是，佳期晚上還是做夢。

有一夜，夢見愛觀看脱衣舞的前男友，她居然與他並排坐，幸虧尚未與之評頭品足。

醒轉，笑得落淚。

真是，這個人，下落不明，甚麼地方去。

網上搜索一番，找到。

原來就在本市商業區一間外資銀行任職，頗高位，生活過得去。

佳期希望人人過得好，那樣，就不會人窮思舊債，找前頭人算賬。

在煩得不能再煩的遭遇中，王佳期竭力找平靜。

一日，累極在桌上伏倒。

突然覺得孤苦寂寞，黯然神傷。

這時聽得門鈴與電話一起大響。

咚咚咚有人敲門。

莫非是明頭放學。

「佳期，佳期，開門，我知你在屋裏。」

誰？

佳期掙扎抬頭。

「佳期，是明日，明日找你。」

甚麼。

佳期僵住，啊，明日，你終於來帶我走，明日，你不知我這些時候過的是甚麼日子，你為何到現在才來。

她掙扎到門口。

「明日。」她哽咽。

「佳期，我們好像注定要隔着一道門說話，我來看你，你不歡迎？」

佳期站好，腦子忽然清明。

「明日，恐怕我還未能隨你而去，明頭尚年幼，我走不開，他父親已經不在身邊，我不能圖爽快安逸也離他而去——」

「佳期，你說甚麼？」

「表小姐，你瞎七搭八說甚麼？開門。」

「管家？」

「表小姐，快開門。」

佳期不由自主打開大門，可不就是申明日與管家。

明日容貌秀美，身後還跟着長髮兒。

她撲過去擁抱明日。

就在這時，自椅子滾到地下，她醒轉，雪雪呼痛，原來是一場美夢。

佳期頹然拍拍身子，站立，吸一口氣。

這時，門鈴與電話又大響。

開甚麼玩笑。

她咕噥着走到大門前。

「開門，表小姐，我們在門口站了已經好一會子，表小姐，即使屋裏有男客，也無所謂，不必介意，快開門。」

管家？

又是她？

「佳期，我是明日，明日來看你啦，長髮也跟着我呢，放心，不會再添亂，我已痊癒，佳期，開門。」

佳期用拳搥胸，我不怕，我不怕，但的確明頭還小，我還不可以跟你走。

她鼓起勇氣拉開大門。

門前整整齊齊站着三個人，明日、管家，與長髮，同先前那個夢一模一樣。

佳期沉着臉，先扭自己手臂，痛。

又再伸手去扭長髮面頰。

長髮怪叫：「姐，這是幹甚麼？」

他面孔一大搭紅。

「明日——」

「是我，佳妹，回來給你一個驚喜。」

明日臉容已恢復秀美。

但佳期仍然不信，抓住明日手臂，大口咬下。

「救命——」

（全書完）

書名　明日佳期月圓　作者　亦舒

出版　天地圖書有限公司
香港黃竹坑道46號新興工業大廈11樓
電話：2528 3671　傳真：2865 2609

香港灣仔莊士敦道三十號地庫（門市部）
電話：2865 0708　傳真：2861 1541

設計及插圖　陳小娟

印刷　亨泰印刷有限公司
柴灣利眾街27號德景工業大廈十字樓
電話：2896 3687　傳真：2558 1902

發行　聯合新零售（香港）有限公司
香港新界荃灣德士古道220-248號
荃灣工業中心16樓
電話：2150 2100　傳真：2407 3062

出版日期　二〇二三年一月／初版・香港